あの戦場はいま

レールのない踏切

秋山秀夫

文芸社

静かな眼　平和な心
その外に何の寶が世にあらう

三好　達治

はじめに

　戦後、半世紀余が過ぎ去りました。「もう戦後ではない」といわれて久しいのですが、戦争そのものの意味、いや無意味という問題が消えたわけではありません。

　私にとって昭和二十年、つまり敗戦の年は、中国・江西省の地とともにありました。旧日本軍の一員としてでしたから、それは悪夢のような過去です。その間の陰惨な苦労ばなしは、身内の者にも友人たちにも、ほとんど漏らしていません。

　半世紀の歳月とともに、戦争への反省が風化してきたようです。戦後生まれがわが国人口の三分の二にもなり、逆に戦争の生き証人は減る一方だからです。しかも、湾岸戦争をきっかけに〝国際貢献〟の名で、自衛隊の海外派遣論議が大手を振ってまかり通るようになり、イラク派遣なども現実となりつつあります。

　私は一転して、自らの実体験を文字にして残すことにしました。戦争のむなしさを語り継いで行くための、せめてもの捨て石にと思うからです。

　この本は、軍記物でも戦記物でもありません。私のささやかで否定的な戦争体験談と、四十六年ぶりで現地を独り旅した感傷の記の二編を柱にしています。後者は南昌をはじめ、かつて私の足跡の及んだ地域の生まれ変った姿を、この目で確かめようとしたものです。この旅によって、私の信念はいよいよ揺るぎないものとなりました。

私は苦い思い出を、記録映画のように克明につづって行くつもりはありません。気の向くままに書きながら、人間ドラマが感じられるものになれば、と思っています。まして、取るに足らぬ私の経験を一般論にすり替えるつもりは全くありません。

冒頭に三好達治の詩句を引用しました。それは、戦後を流されるように生きて行くか、それとも真剣に考えながらわが道を模索するか——私が岐路に立たされたとき出会った詩のほんの一部です。手垢《てあか》のついた「平和」の文字でなく、心の平和を求めて生きよう、日々の平凡の素晴らしさを再確認しよう、それが私の結論でした。

私にとって〝空白〟の八月十五日がことしもやって来て、そして通り過ぎて行きます。

レールのない踏切　目次

日中戦争と私

——昭和二十年という年——

空白の八月十五日

八月十五日が来ると、政府や民間団体思い思いの行事をよそに、毎年きまって考えることがあります。

《昭和二十年のその日は、私にとって空白の日であり、思い出というものの全くない日です》

あのとき私は、日本陸軍という大集団の小さな小さな一員として、お隣の中国・江西省の南昌にいました。「敗戦」を知ったのが二日後の十七日。本国からの消息も、戦局についての情報も、全く届かない立場にいた私の脳裏に、今でも十七日の出来事だけはかなり鮮明によみがえります。

南昌に駐屯していた私たちの部隊は、中隊単位でそれぞれにレンガ造りの兵営を確保していました。昭和二十年八月十七日、非常呼集をかけられて私の中隊の全員が営庭《えいてい》に整列しました。こういうことは、めったにありません。いきなり中隊長の口から、日本の「敗戦」が告げられ「全員玉砕」の方針が厳《おごそ》かに伝えられました。そのなかに「最後の突撃」という言葉もありました。私たちの身の回りから、兵器や衣服などを除く一切の持ち物が焼却のため集められました。もはやこれまで。臍《ほぞ》を固めると、短かったかもしれない二十年間の人生が、私の内側を駆け巡りました。〝走馬灯のように〟などという形容は月並み過ぎます。

無言で〝最期〟の準備を急ぐ私たちに、追いかけるように、再び全員呼集です。岡村《おかむら》寧次《やすじ》〝支那〟派遣軍総司令官の決断で、百三十万の軍隊は「陛下のもとに帰ることになった」旨、同じ中隊長から告げられました。自分たちの祖国・日本へ生きて帰ることになったのです。

淡々と伝えられる命令は、二度とも〝青天の霹靂〟でしたが、その場で涙する者はいなかったと思います。思わぬ死の宣告。そして、その死の底から生き返った！事態の急変について行けないのです。敗軍とはいえ保たれていた規律のなかで、私の胸の底からやがて激情が突き上げてきました。戦争に負けた悔しさからではありません。国へ帰れる喜びからでもありません。愚劣な国策に翻弄され続けた果ての〝魂の慟哭〟といったらよいでしょうか。

私たちが敗戦も知らずに、八月十五日と翌十六日をどのように過ごしたかは、私の記憶に全くなく、生涯の空白です。ただ、中隊長あたりまでは、程度の差はあれ情報が届いていたに違いなく、そう考えると、空恐ろしい空白でした。

翌二十一年二月に復員した私は、体験の生々しさが薄まるにつれ、あの空白の日を中心に、正味一年三ヵ月の〝私の日本不在中〟を埋めたいという欲求に駆られました。もっとも、事実は逃げ去ることがありませんから、時間をかけ心のゆとりができるのを待って、資料に基づく検証の作業に取りかかりました。すでに情報として知っていたことや、はじめて知る事実を取り混ぜ、時代の流れが急カーブを切った軌跡を具体的に知ることができました。その骨子となるものは、およそ次のようでした。

私が兵隊にとられた昭和十九年十二月にはすでに始まっていた米軍爆撃機B29による本土空襲は、翌二十年には東京ばかりか全土に広がり、四月には米軍の沖縄本島上陸、硫黄島玉砕と続き、五月にドイツが連合国軍に無条件降伏すると、日本は孤立無援の戦いを続けることになりました。

六月には、沖縄で看護要員の女子学徒をはじめ集団自決が相次ぎ、一部に戦争終結への動きもありました。ソ連の仲介を頼りに米英への和平工作にあたらせるため、七月に近衛文麿特使を派遣しようという提案も、ソ連から拒否されました。ソ連の対日参戦がヤルタ協定によって極秘に決定されていたからです。

問題の八月に入ると、六日、広島に原爆投下、八日にソ連が対日宣戦布告、九日には長崎も原爆の洗礼を受けるなど、日本は息の根を止められました。

十日に、国体護持という条件つきでポツダム宣言受諾を決めたものの、陸軍の決戦論を抑えきれず、十四日に再度の御前会議を開き、天皇の裁断で無条件降伏とポツダム宣言の受諾を決定し、中立国を通じて連合国側に申し入れました。その日の夜、天皇は戦争終結の詔書を録音に吹き込みましたが、深夜から十五日未明にかけ、陸軍の一部将校が録音盤の奪取を図って未遂。正午にいわゆる玉音放送で国民に終戦が告げられました。

この日、鈴木貫太郎内閣が総辞職。翌十六日には東久邇宮《ひがしくにのみや》稔彦《なるひこ》殿下に組閣の大命が降下しました。「大命降下」とは大時代《おおじだい》な言葉ですが、まだ旧帝国憲法下です。初の皇族内閣が成立したのは十七日でした。私が南昌の地で「敗戦」を知ったのはこの日だったわけです。

同じ月の三十日、サングラスにコーンパイプをくわえたマッカーサー元帥が厚木飛行場に降り立ちました。写真映りを意識してか、連合国軍最高司令官は丸腰のスタイリストでした。

九月二日、米戦艦「ミズーリ」の艦上で降伏文書に調印する重光葵《しげみつまもる》全権。十一日から東条英機ら戦犯に対する逮捕命令がＧＨＱ（連合国軍総司令部）によって出されました。二十七日、天皇がアメリカ大使館にマッカーサーを訪問されたその写真には、勝者と敗者との対比を超えた何かがうかがわれました。国民はマッカーサーを絶対支配者として甘受したものとみえたことも確かでした。

ついでながら、暗い記憶の灯火管制が解除されたのは八月二十日。九月には街頭に闇市が出現し始めた、と記録にありました。西田幾多郎がこの年六月七日に死去、三木清は九月二十六日に獄死したことも分かりました。

以上のようにして、私の体験外のこととはいえ、八月十五日が終戦、いや敗戦の日であることを、しっかりと認識することができました。

一方、南昌にいて「生」と「死」との間を往復した私にとって、その真相はぜひ知っておきたい問題でした。これも資料によって、おおよその事情をつかむことができました。

昭和二十年という年に入ると、大本営も本土決戦を前提に、大陸作戦を対重慶から対米軍に切り替えました。米軍による大陸沿岸進攻に備えることになったわけです。揚子江（長江）の中流・下流域一帯を華中といい、華南とともにその領域確保は日本軍の作戦の一環でした。私のいた南昌も、そこに含まれます。

八月に入り戦争は破局に向かいましたが、これは岡村総司令官の想定を上回るものでした。ソ連が参戦した八日ごろから、日本降伏の兆候と抗戦継続のはざまで、彼が苦悩したのは当然です。大本営の命令もあり、全員玉砕を賭《と》して一大決戦をいったんは決意したものの、十五日正午の玉音放送により、すべては落ちつくところに落ちつきました。彼は即日、全軍に下達し、百三十万将兵と在留邦人七十万、合せて二百万人に及ぶ軍民を本国に復員帰還させるという難事業と取り組むことになったのです。なお、投降調印式は九月九日に何応欽《かおうきん》総司令との間で行なわれたとあります。

私たちが南昌の営庭で、いったんは全員玉砕を言い渡されたのち、祖国へ生還することになった裏には、このような事情のあったことが分かりました。それにしても、私たちにとって事態が八月十七日に集中したのは、単に伝達が遅れたのか、それとも部内に反発があったのか、そのナゾはついに解けません。

冷厳な事実が分かってくるにつれ、「終戦」といい「敗戦」という言葉遣いが厳密に行なわれることの必要性を痛感しました。表現によって事の認識があやしくなるというのは、よくあることだからです。まして、これは歴史にかかわる事柄です。

戦争の終結をいう場合は「終戦」ですが、この大戦の結果をいうのなら日本の「敗戦」とするのが正しいのであり、それは時間の経過によって変わる性質のものではありません。〝日本は負けることがない〟と教え込まれたのに敗れたのですから「敗戦」という言葉を意識的に避けようとする向きもありますが、「退却」を「転進」と称して国民をミスリードした経験と軌を一にするものに違いありません。

兵隊ぎらいの兵士

昭和十八年十月二十一日の東京は、朝から空が重く、雨催《あまもよ》いでした。出陣学徒七万（関東）の壮行大会が神宮外苑競技場で行なわれる頃には、天も涙していました。入隊する学徒がグラウンドの泥水をはねながら分列行進する姿は、戦後もしばしば茶の間のテレビに映りました。

あの出陣学徒のなかには、私の先輩もいたし、同僚もいました。そのとき私は、見送る側として競技場のスタンドに立ちつくしました。〝来年はオレの番だ〟。時の総理・東条英機の絶叫調の演説は、今でも容易に耳によみがえらせることができます。

あのころ、戦局はすでに悪化しており、大学・高専の修学年限は六ヵ月短縮され、ついで理科系と教員養成校を除く全学生に対し徴兵猶予が廃止されたうえ、徴兵適齢が一年引き下げられるなど、事態の急迫を告げる措置が、学窓に暗くのしかかっていました。

戦争と軍隊が生理的に嫌いな私は、将校への道を自らすすんで志願するほどの気もなく、そうかといって、理科系に転ずることも潔しとせず、召されるに任せていました。街にも学園にも軍服姿が幅をきかせ、カーキ色は国防色として時代のカラーになっていました。

大学に入って間もない私に、来るべきものが来ました。召集令状です。俗に〃赤紙《あかがみ》〃といわれましたが、泣く子も黙る赤紙が、なぜか私の受け取ったのは白でした。召集令状は略して令状とも言いましたが、いまなら逮捕令状を連想します。どちらにしても、身体の自由を拘束される点では似たものでした。

思い出すのは、大学野球やプロ野球が戦時下でもまだスポーツであり得たころ、観戦中の球場で頻繁にあった出来事です。

「○○さん、至急自宅へお帰りください。召集令状が届いています」

場内アナウンスが一試合に何度もありました。そのたびに試合は中断し、スタンドからいっせいに拍手が起こりました。「つぎはオレだ」と自らに言い聞かせた人も多かったに違いありません。それにしても、外出先を家族に告げて出たはずの習慣は、いまどこへ行ってしまったのでしょう。

当時は、毎日どこかで出征兵士を送る集いや行列が見られました。私の町内でも、出征兵士を万歳万歳で見送りました。門前で万歳をやり、近くの神社の境内で武運長久を祈ります。「天に代わりて不義を討つ……」行列が駅へ向かって動き出すころには、一杯機嫌の顔役が音頭をとるものの、長い行列は調子が合いません。本人や肉親の胸のうちをよそに、日の丸を打ち振る人の波は蜒々と続きました。

次兄の出征を見送ったときの私のやりきれなさは、まだ忘れられません。歓送と激励の辞に答えた兄の決意の言葉は、日ごろ聞くことのない凜《りん》とした声でした。生意気にも、私自身が身代わりになった方がよほど気が楽だと思いました。新宿駅のプラットホームで、中央線列車の車窓を隔て、征《ゆ》く人と送る人の立場に分かれたとき、連れ去られるようにして発車する兄を見ていられず、私は人波に紛れ込んでいました。

その私が、大学生活を打ち切って入営した十九年十二月には、戦局がはっきり傾いていましたから、熱っぽい歓送ムードなどもはやなく、身内と町内のほんの一部に、野辺の送りのようにひっそりと見送られ、駅頭で母親の手をしっかりと握りました。生まれてはじめての握手でしたが、この世の別れになるだろうと思うと、お袋の顔を正視することができません。

この日、東京には空襲警報が鳴り響きました。入営先は松本ですが、中央線の列車に乗るのに、かなり遠回りしたことを覚えています。郷里の佐久の家を一人で守っていた姉とは、小淵沢駅で別れ、父と二人して松本郊外の浅間温泉で旅装を解きました。入営に必要な携帯品は指定されていましたから、あとは父に持ち帰ってもらうことになります。これが遺品になるかも分かりません。父と別れの杯を交わしましたが、父は日ごろのようには多くしゃべりません。

翌朝、松本の歩兵第五十連隊の営門で父と別れました。とうとう一人になりました。振り返ると父は見送っていてくれましたが、二度振り返ることはやめました。死と結びつくかもしれない軍隊に、自分の息子をいま手放した父親の胸のうちは……？

「凍《し》みる」というのは、いてつく寒さのことですが、冬の松本はまさに凍みる寒さでした。その日は朝から快晴でしたから、寒さのなかにも日向《ひなた》のある営庭の芝生に腰を下ろした若者たちが、集合を待って三々五々たむろしていました。長野県出身ばかりのはずですが、必ずしも長野県の住民とはかぎりません。知る人のいない私はひとり、軍隊というものの空気を感じ始めていました。

そのとき、一人の将校が近づいて来て、私に声をかけました。温和そうな顔だちと語調に私は救いを覚えました。

「入隊式で新入兵の総指揮をとってもらいたい」

唐突ですが、断わるわけにはいきません。私はすんなりと受けました。それにしても、数百人のなかから、なんでまた……。角帽なら、ほかにもかぶっている人が何人かいました。

営門のあたりに父はまだいるでしょうか。たとえいても、私が数百人の指揮をとることなど知るわけがありません。

令状一枚で召集された若者たちをまとめ、広い営庭で、ありったけの大声を発して号令をかけ、宣誓して無事入隊式を終えると、新入兵はグループに分けられました。そのグループがどういう意味をもった単位であるのか、見当がつきかねているうちに、単位はさらに小分けにされます。私たちは自分の身辺、せいぜい限られた狭い範囲に気を配るだけで、全体を見渡すゆとりは与えられません。

最小のグループになったとき、仲間は三十人近くになっていたと思います。陰気そうな部屋に入れられると、いっせいに兵隊服に着替えさせられました。そのとき脱いだ洋服のたぐいは小包にするよう指示されました。父に託した荷物に続いて、この小包も母の手元に届くことになるはずです。

一同に渡された軍帽は、略式のいわゆる戦闘帽の一種でしたが、規格が統一されているでもなく、一つ一つ形や色合いに個性があって、喜劇的でさえありました。私の頭に載ったのは、ほぼ三角形をしていました。鏡などという、しゃれたものはありませんから、自分の軍服姿は他人を見て類推するしかありません。

兵隊嫌いの私も、形だけは兵士になってしまいました。このオレが、兵士として国を守る！　極度の近眼なのに徴兵検査で「第二乙種合格」。補充兵が相場だったのが、いまは合格になる日本でした。

新兵たちに集合がかかりました。早くも魔術にかかったように、全員がわれ先に営庭へ飛び出しました。集まったのは三つの小グループ、全部で八、九十人だったでしょう。やや具体的な説明があったあと、

「中学卒業者は列外へ出よ」

下士官が指示しました。私はいろいろと質問したいことがありましたが、やめました。実は、私は中学を卒業していません。当時、中学は五年制でしたが、四年修了で高校へ進むことができました。軍人教師による教練、体操から逃れたい一心で〝四修〟を果たしていた私は、ここでも軍人が幅をきかせているとは知らずに高校へ進みました。つまり、私は中学を卒業していないのです。また、中学から上級校へ進学したものを中卒とはいいません。どうみても、私は「中卒」に該当しないと判断しました。だから列外に出ることもしませんでした。

すぐに分かったことですが、これは幹部候補生となる資格のある者を仕分けしたのでした。幹部候補生になれば楽ができるという保証もありません。それに、同僚の大部分を差し置いて将校になることに、どれほどの意味があるだろうかと考えると、私は列外に出なかったことに、それほどの後悔も感じませんでした。

国外の「某地」へ向かうことを予告された日の昼下りのことでした。営庭に整列し、直立していた体が妙に揺れる感じに襲われ〝困った〟と思いました。するうち、下士官から将校までが〝地震だ、大地震だぞ！〟と言い出しました。新兵たちも〝天下晴れて〝いっせいに騒ぎ出しました。屋外の大地の上にいたにしては、大変な揺れでした。ある意味では空襲警報よりも衝撃的だった大地震は、後年、記録によって十二月七日の東海大地震であり、震源は遠州灘、死者千人を出したことが分かりました。

私たちより早く入営した人たちがフィリピン沖で輸送船ごと撃沈されたといううわさを、間もなく耳にしました。〝あすはわが身〟と思いながら、右も左も分からない私たち新兵も、「戦地」へ向けて出発しました。入営から一週間後、行く先も知らされませんでした。こんなに早く日本をあとにするとは知らない肉親の見送りなど、あるわけがありません。粉雪の舞う松本駅頭で、居合わせた婦人の一団が手を振ってくれました。

あてども知れぬ戦地

人権などあるはずもない日本軍隊。松本にいた一週間は〝お客様〟だった新兵たちに、戦地への出発後は理由らしい理由もなくビンタが飛び始めていました。忘れもしない――西へ向かう岡山駅の夜のプラットホーム。運動のための下車でした。

「秋山二等兵、一歩前へ！」

引率の下士官に言われるままに、前へ踏み出しました。

「眼鏡を外せ」

コンマの下に0が一つ付く近眼の私には、薄暗いなかで物の輪郭さえよくは分かりません。

「両脚を開いて、歯を食いしばれ」

次の瞬間、私のほおを平手打ちが見舞いました。カラフルな星が、目のなかから花火のように飛び散りました。生まれてはじめてほおを張られた私は、〃目から火が出る〃というのが比喩《ひゆ》でも形容句でもないことを知りました。それにしても、痛さをほとんど感じなかったのは、不意打ちだったからでしょうか。それとも、下士官が毛糸の手袋をはめたままだったからでしょうか。そしてあの手袋は、手心を加えるためだったのか、それとも彼が横着をきめ込んだのか……。

やっぱり、このへんで白状しておきます。私たちは、松本にいた一週間の間に、物々しい防寒具一式ずつを支給されていました。外套《がいとう》はいうまでもなく、厚手の毛編みのセーター、袴下《こした》（ももひき）、手袋、靴下。それに一種の頭巾《ずきん》ですが、頭から首までスッポリ覆い顔だけが露出する仕掛けのもの。これだけの防寒具がそろえば、満洲（現在の中国東北地方）行きは間違いないように思われました。

岡山駅でホームに降り立ったとき、私たちは防寒具に身を固めていました。運動が終わって車内に戻ると、外套を脱ぎ、頭巾を脱ぎます。そのとき、外套の内側から略帽がポロリと落ちました。ビンタには理由があったのでした。略帽もかぶらず、頭巾だけの兵士は、顔面を出してタコ入道のようだったに違いありません。あの厚手の頭巾は頭皮の感覚を奪い、威勢よく着込んだ外套が、はずみで略帽を巻き込んでしまったのです。

それにしても、だれ一人注意してくれないというのは、お互い自分のことで精一杯だったのでしょう。

その後、ビンタには慣れたせいか、目からは火も出ず、星も飛びませんでした。ついでのことにビンタとは、もともと頭髪の鬢《びん》の部分のこと。ビンタは〝はやなで〟ともいわれましたが、人を食った言葉でした。

下関から乗った船が関釜連絡船であることは明らかでした。これまで国外へ行ったことがないばかりか、本州にいて海を渡った経験のない私が、いま日本を離れたのです。ふと、入営を前にして熱海へひとり一泊旅行したことが思い出されました。いつ米軍機か魚雷にやられるかも分からない夜の海峡。船底で救命胴衣に身を固くした私は、ひたすら釜山安着を祈っていました。

上陸した釜山からは、列車で半島を一路北上。ときに、ほえるような汽笛が広野にこだまし、悲しげに尾を引きます。

朝鮮半島が日本の統括下にあった時代です。南北には分かれていませんでしたし、ソ

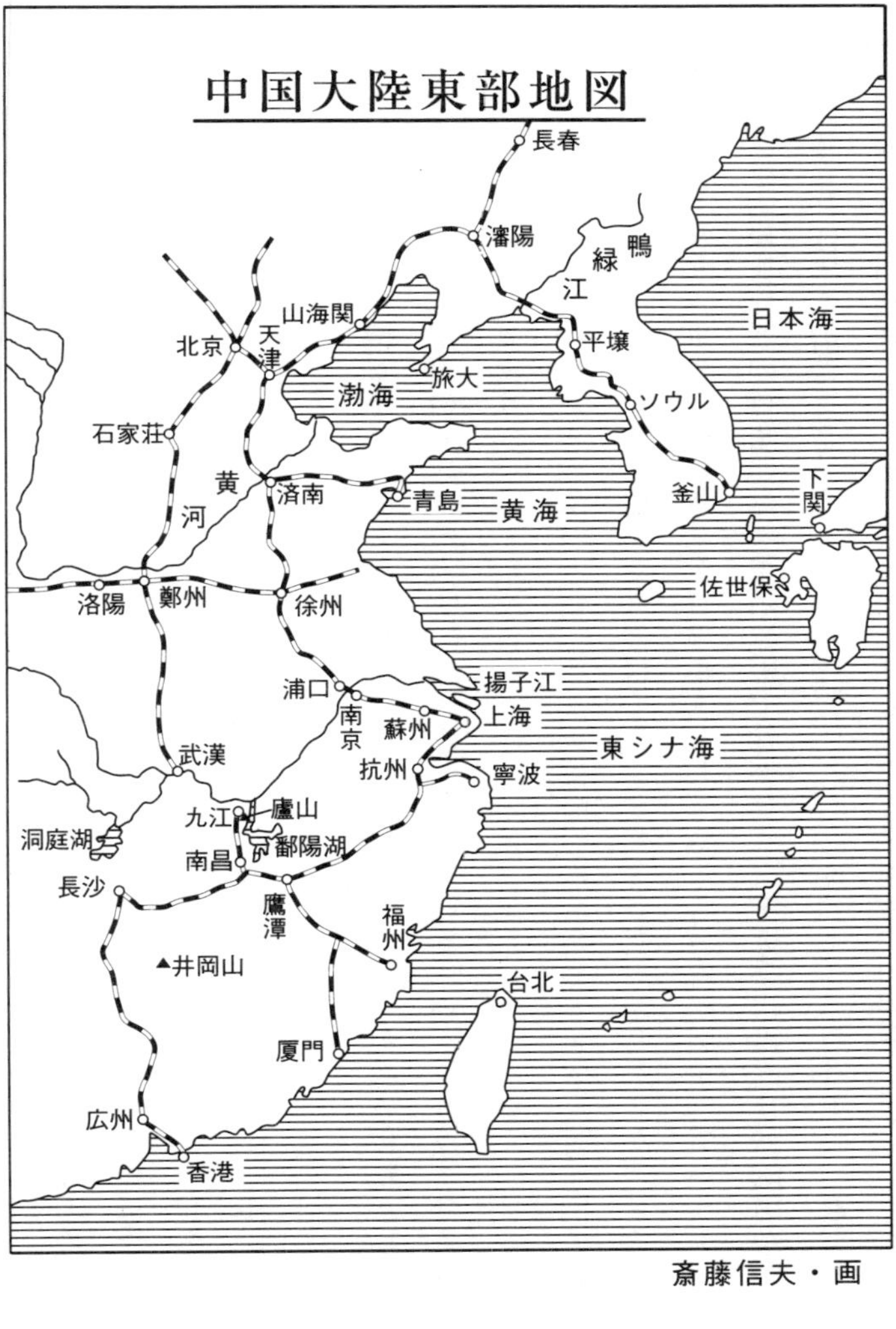
中国大陸東部地図
長春
瀋陽
鴨緑江
山海関
天津
北京
旅大
平壌
日本海
渤海
ソウル
石家荘
黄河
済南
青島
黄海
釜山
下関
洛陽
鄭州
徐州
佐世保
浦口
南京
揚子江
上海
蘇州
東シナ海
武漢
抗州
寧波
九江
廬山
洞庭湖
鄱陽湖
南昌
長沙
鷹潭
福州
井岡山
台北
厦門
広州
香港

斎藤信夫・画

ウルを「京城」と呼んでいました。その京城駅から、すでに徴兵制が布《し》かれていた朝鮮の若者たちが合流し、同僚として各部隊に配属されました。よく同化してくれましたが、胸のうちには屈折した「恨《ハン》」の思いもあったでしょう。血の気が多くて、喧嘩腰になりがちの人も、なかにはいました。そういう人たちも、ほとんど例外なく美しいノドをもっていました。何度か「アリラン」を歌ってくれたときの感動は、いまも忘れられません。

こんなところで妻を持ち出すのは気がひけますが、妻の好きなハーモニカに私が「アリラン」をリクエストするのも、その当時の思い出があるからで、ハーモニカから彼等の歌声をよみがえらせています。

長い長い列車の旅も、私たちを飽きさせてはくれませんでした。楽しかったからではありません。入隊から日の浅い初年兵を日本軍人として鍛える教育が始まっていました。軍人勅諭や歩兵操典などの棒暗記は、軍事教練で仕込まれた学徒兵には、比較的気が楽でした。〝講義〟は、戦況に触れず、行く先の戦地を暗示さえしてくれません。私は、戦争の形勢や内地の状態に思いを寄せるゆとりもなく、学生時代の同輩がどんな苦労をしていかを考えてみることもしなくなっていました。

白い朝鮮服の老人が石に腰を下ろし、長いキセルでプカリプカリやっているのを、ふと車窓から見ると、仙境を垣間見た思いがしますが、車内は相変わらず軍隊です。それでも、たまに歌の時間があり、軍歌が主流でしたが、私の心を和ませてくれたのは、朝鮮出身の人たちでした。

食事は三度三度、停車駅で当番が受け取りに行き、竹製の弁当箱に盛り付けて配っていました。その土地の駐屯部隊が、通過部隊のために用意してくれるようでした。

こんなことがありました。食事のさい、引率の下士官が言いました。

「銃後の国民は代用食さえ食うや食わずというのに、お前らはタダで銀メシをたらふく食えて幸せだな」

恩着せがましいイヤミを言われても、腹に据えかねる思いを、ぐっと抑えるのは情けない限りでした。

鴨緑江を渡れば、ここは満洲です。列車が止まり、降り立ったホームで、話に聞いていた満洲を実感することになります。肌を刺す極寒。車体のトイレから下がった〝色のある太いツララ〟を砕く作業は、日本では見られないものでした。これをやらないと、トイレがトイレの用をなさないのです。それにしても、武装した大部隊が、何のために、よその国に踏み込むのだろう、えらい所へ連れて来られたものです。やっぱり満洲だったかと観念していると、再び走り出した列車は、奉天（現・瀋陽）を過ぎて進路を南にとりました。

旧満洲で、一枚の写真のように焼き付いているシーンがあります。南下中の列車から窓外に目をやっていた私は、変化のない広大な景色の行く手、線路沿いに数軒の民家を見ました。ふと、大地にしゃがんでいる人物に目を止めたのは、列車が通過する瞬間でした。線路に背を向け、ズボンを下ろした男性の体内から地上へ、長い物体がおもむろに落下しつつあるところでした。綿入れ服のそでに両手を入れ違いに突っ込んでいました。物みな凍る野天で。

健康体に違いなかったあの人は、まだ元気でいるでしょうか。

満洲は通り過ぎてしまいました。ほっとはしたものの、この先どこへ連れて行かれるのやら、分かったものではありません。境界にある山海関は、少年のころ地理で教わった懐かしい地名。渤海湾《ぼっかいわん》に面していて、万里の長城の東の起点です。中国大陸を南下すると、まず天津に停車します。北京はここから西北へ百キロ余ですが、私たちの列車は通りません。北京には私の長兄が駐在していますが、旅行ではないから会えるわけがありません。

黄河を渡り、〝泉の都〟済南を過ぎると、やがて徐州。「麦と兵隊」の歌でおなじみの徐州ですから、合唱が始まりました。感興がわいて自然発生的に歌になったのならまだしも、命令によります。

〽徐州徐州と　人馬は進む
徐州居よいか　住みよいか……

歌っている徐州は、すでに華中に入っているのです。釜山を発車した列車は、日を重ねてとうとう揚子江に達し、浦口から対岸の首都・南京に渡って、鉄道の旅を終わりました。

けれど、南京も私たちの目的地ではありません。今度は海防艦というのに乗せられて、揚子江の濁流をさかのぼります。

夜間は灯火管制の艦上で、夢心地のまま厠《かわや》へ立った男が、手すりのない舷側の通路を反対側へ曲がったばかりに、揚子江にドボン。悠々と流れるかに見える揚子江も、水面下は逆巻く濁流。救援は不可能ということで、艦はそのまま航行を続けます。彼は〝名誉の戦死〟ということで片付けられたに違いない。——と以上は部隊の発表であるわけもなく、口コミで伝わったものです。どちらにしても、人間は戦争の道具でした。

線路跡を南昌まで

揚子江中流の南岸に九江という港町がありました。私たちを乗せた海防艦が九江に着くと、艦を降りることになりました。狭い板が岸まで渡してあります。よくしなう下り坂を五、六メートル、しかもかなりの重さの装備を負っています。祈る気持ちで、一人残らず渡り終えました。やっと大地を踏みしめることになったのです。

大地を踏みしめたことは、そのまま行軍の始まりでした。ところが、一難去ってまた一難。いま来た方角で耳をつんざく爆発音がしました。あの海防艦が、米軍機の餌食《えじき》になって轟沈《ごうちん》したのです。私たちは間一髪で命を拾ったことになりますが、部隊は何事もなかったかのように、長途の行軍に向かいました。

粉雪がいつの間にか大雪になり、雪中のあてどない行軍。しかも、幹部候補生は一般兵とは違う重装備を課せられました。私もその一人になっていたのは、どうにも解《げ》せません。松本連隊の入隊式で総指揮をとらされながら、幹部候補生の有資格者として名乗り出なかったことは、すでに述べましたが、いつの間に幹部候補生の一員になったか、そのいきさつは、記憶の糸をたぐっても出てきません。

それはともかく、幹部候補生は一般兵と一緒の隊列を組みながら、ある時点から襟に〝座金〟がつき、一等兵に昇進しました。重装備を負わされたのは、幹候としての教育という意味があったのでしょう。〝古参の兵士はいずれ頭を越されるから、幹候には辛く当たるよ〟といった声が、ひそかに幹候の間でささやかれました。

雪の行軍では眠気を催しがちで「眠ったら死ぬぞ」と上から脅されるころには〝戦友〟意識が出来上がっていました。眠気で足元の怪しい者には刺激を与え合いながら、足を交互に踏み出す運動を、あくことなく繰り返していました。日本の内外情勢や戦況などには関係なく、ただ黙々と歩くばかりです。歩いているオレは一体どのオレだ、という気さえしてきます。みんな何を考えながら歩いているのでしょうか――。

名山といわれる廬山《ろざん》が左手に見える、と突然下士官が言いました。さっきから左手にあったに違いありません。視線を凝らす元気もなく、ちらっと目を向けただけで、また黙々と歩を運びます。

ふと、足元に線路とまくら木の跡があるのに気がつきました。そういえば、もうかなりの間その上を歩いていたのです。それは日本軍が引きはがしたものだと教えられました。味方に足を取られたのだ。くそっ！

単線の鉄道跡は果てしなく続きますが、わきに土盛りで高くなっている所は停車場跡に違いありません。四十五分から五十分歩いては、十五分から十分間の休憩。停車場跡あたりで装備を下ろし〝やれやれ〟と思うころには「出発！」の号令です。

たまの大休止がせめてもの慰みで、そういうときは鉄道跡から奥地へ離れることになります。直線コースから外れるわけですから、行軍の距離は延びる計算ですが、引率者は予定しているに違いありません。

一日をかけた行軍のすえ、夜の宿営地に着くと、まず炊事です。各自の携帯する飯盒《はんごう》に米が配られます。毎日の副食物がどんなものだったか、記憶にないのは不思議ですが、米だけは一応十分でした。

ある夜、月明りもない暗やみに水らしいものを発見し、飯盒を持っていっせいに走り寄りました。湖沼の岸らしい所にしゃがみ、米をとぎます。水加減もカンです。〝火を通せば殺菌になるさ〟と自らに言い聞かせました。

さて、宿営地の小屋に分散して一夜を明かすと、昨夜イメージに描いたのとは全く別の光景に目を疑いました。浅いけれど湖沼だと思ったのは、中国的な大きめの水たまりでした。しかも近くで放尿していたあの音は、この水たまり以外には考えられません。まさにミソもクソも一緒でした。

行軍では、夜をいろいろな所で過ごしました。ワラの上で明かした寒い一夜もありました。窓も戸も吹き通しのレンガ造りの平屋。囲いがあるだけ、よいとしなければならないかもしれません。ワラの上に寝るとき、上衣を脱いで上半身に掛けるだけが寝具です。上衣を着たままゴロリと横になるよりマシであることを、はじめて知りました。外套は各自、背嚢《はいのう》に取り付けてありますが、いったん広げると元通りに畳むのは容易なことではありません。就寝中に非常呼集でもかかったら……と考えただけでも、寝具は上衣一枚でたくさんでした。

たまに通過する日本兵が宿泊するのでしょうか、それとも馬小屋だったのでしょうか。

ワラは古いものであったことは間違いありません。クタクタの体を横たえると、翌朝まで前後不覚で、あの寒さに小用に起きることもありませんでした。若さだったのです。

たまに米軍機に襲われたり、遠くで中国兵のものに違いない発砲の音がすることもありました。広野のなかで、単線の鉄道跡を行軍する長い隊列は目立ちますから、部隊は早速散開します。実地訓練にもなるわけですが、線路から平地にとび下り、一人一人が間隔をおいて散り、しかも、うつ伏せになるのですから、珍しくリラックスするのは、不届き千万でしょうか。

やがて長大な橋を渡ると、南昌の市街。ここがわれわれの目的地であったことを、はじめて知らされました。引率の下士官をはじめ、隊列は急に余所《よそ》行きの行進に切り替えられていました。

「歩調とれっ！」

前方から将校が来て、すれ違いざまの敬礼です。だれとすれ違うこともなく、鉄道跡の一本道をひたすら歩いて来た私たちにとっては、久しぶりに見る都会、しかも目的地に着いたのだという安心感と緊張とが、ないまぜになって襲ってきました。日本の軍人が街を行く姿がやたら目につき、その割合に中国人が閑散として見えるのはなぜ？　疎開したのでしょうか、それとも、家の中で息を殺しているのでしょうか。

突然、レンガ塀の営門から隊列は営内へ進んで行きました。営門のあたりには、古兵が迎えに出ていました。私たち初年兵を歓迎しているのは当然ですが、下が来たことによって自分たちが一枚上へ上がる、という喜びが大きいことも事実だったでしょう。

それにしても、戦地戦地と思っていたのは、警備が主目的の部隊でした。街に点在するらしい兵営は、中隊単位であることも分かりました。

私たちを松本から引率してきた下士官は各中隊二人ずつで、いずれも甲府の部隊でした。部隊の過去について、彼等は最後まで口外しませんでしたが、後年私が調べたところでは、甲府の部隊は武漢と揚子江南岸で作戦したのち、南昌の警備に就いたらしいことも分かりました。下士官たちは、われわれ松本の初年兵を迎えにやって来たわけです。ひがむわけではないけれど、武田信玄の昔から信州は甲州にやられっ放しでした。

私たち中隊の初年兵を引率した二人の下士官は対照的で、一方が重厚なら他方は軽薄なところがあり、その取り合せは妙でした。この文章のなかでは二人を区別していませんが、私にとっては後者とのかかわり合いが多かったといえます。

九江から南昌まで、いまなら鉄道で百三十五キロ、四時間半（急行）のところを、正味一週間かけて二百キロ近い大行軍をやったことになります。そのほかに行軍のない日もありましたが、教育訓練に休みはありません。重装備の行軍のすえ南昌に到着する前から、私は右肩に異常を感じていましたが、われわれの苦難の舞台、それが南昌でした。

憂さ晴れぬ野外運動

〝とうとう書いてしまった〟というのが、ここまで書いてきた私の実感です。妻子にも話していなかったことどもを書き連ねるのは、身を切られる思いです。

辛かったことは忘れ、楽しかったことの方が思い出に残るといいますが、戦地での軍隊経験は酷薄すぎました。楽しかった思い出など、なにひとつありません。一見楽しそうなことでも、一枚はぐと辛さに裏打ちされたものでしたから、かえってやりきれません。

この世に〝おさらば〟したはずの八月十七日を通り越し、新たな展開を体験したのちに、身ひとつで復員した私には、写真もメモ類も一切ありません。軍人勅諭や歩兵操典のたぐいまで〝あの日〟に焼却してしまったし、その後にたまった若干の資料も、中国側に取り上げられてしまったからです。

いまとなっては、頼みの綱の記憶さえ、さだかではありません。なにしろ、戦争と軍隊に関するすべてを頭の中から消し去ることに決めたからです。具体的な経験についての記憶という記憶は、時間の経過とともに薄れ、消え去り、いまでは、幾らも残っていません。とくに時間的なデータに基づく叙述は、私自身の体験としてはこの文章にほとんど顔を出しません。

今に尾を引く思い出があります。

「きょうは野球をやる。あくまで教育訓練の一環だ。両軍とも必勝の信念でやれ。ところで、われこそは投手というのはおらんか」

九江－南昌間で、行軍のない晴れた日のことでした。中国大陸で野球をやったのは、後にも先にもこの一度だけですが、くつろいだ気分とは無縁です。下士官のひと声に、全員顔を見合わせました。

当時、英語は敵性語とされ、片カナの野球用語も言い換えられていました。ピッチャーが「投手」、キャッチャーが「捕手」などは今日でも通用しますが、実例を挙げてみます。

ストライク「よし一本、二本、三本」
三振「それまで！」
ボール「一つ、二つ、みっつ、よっつ」
フェア・ヒット「よし！」
ファウル「ダメ」（のちに「もとい」）
セーフ「よし！」
アウト「ひけ！」
ボーク「反則」
タイム「停止」
ホームイン「生還（のちに「得点」）

なにやら柔道を思わせるものもありますが、日本野球連盟（旧・日本職業野球連盟）が昭和十八年三月に改めたものです。以上は審判用語ですが、規則用語となると、さらに振るったものもあります。

ストライク「正球」、ボール「悪球」、ヒット「正打」、ファウル「圏外」、セーフ「安全」、アウト「無為」、スクイズ「走軽打」、グラブ・ミット「手袋」……。

興に乗るままに、話を中断させてしまいました。部隊は、ふた手に分かれ、「われこそは投手というのはおらんか」という下士官のひと声に、球投げ（キャッチボール）が始まりました。軟球でしたが〝手袋〟をはめたかどうか……。

「よしっ、秋山投げろ！」

命令とあって、逃げる気は起こりません。コントロール、いや制球といっても、打たせないで正球を投げることだけが使命でした。打たせれば、野手の股間《こかん》を抜ける（トンネル）か落球するかだからです。変化球を投げれば、捕手があやしいものです。私は球威こそないけれど、制球力には自信がありました。

一体、投手として何回までもったのか、そして試合経過はどうだったかなど、記憶のなかにありません。

ところがその後、右投げに欠かせない右肩にショッキングな出来事が起こりました。行軍の隊列が南昌に近づいたころから異常を感じていた右肩が、南昌に到着したときには、マヒして右腕そのものが全く挙がらなくなっていました。振り返ると気の遠くなるような距離を、幹候のハンデとして、肩に食い込む重荷を負って歩き通したうえに、手《しゅ》榴弾《りゅうだん》（手投げ弾）を何度か投げたせいで、右肩のスジや神経に異常を起こしたのでしょう。

いちばん困ったのは、野球どころか、挙手の礼ができなくなったことでした。営内には、兵隊の位が私より下のものは事実上いません。ということは、営内を歩くと、やたら上官と出会うのです。挙手の礼のできない私は、立ち止まって頭を下げるほかありません。当然、上官からとがめられます。しかし、挙がらないものは、いくらとがめられても挙がりません。

こういうことを繰り返し、事情を説明するうちに〝やむを得ない〟と、消極的な了承が得られたかたちとなりました。つまり、とがめられなくなったということです。

私は内心、次のようなことを思い続けていました。

《左手で挙手の礼をやったら、処罰ものだろうな。いくら左利きの人でも、敬礼は右手でやっているし……》《営内くらい敬礼なしの無礼講にしたらどうだ》《内地ならこの症状で除隊になるかな？》

軍医に診てもらえるように、と思いやってくれる上官はいません。そうかといって、自ら直接軍医のところへ出向くなど、とんでもないことでした。身も細る思いで一ヵ月ほどを過ごすうち、徐々に腕が挙がるようになり、挙手の礼ができるまでに回復しました。けれど手榴弾はおろか、石ころを投げても、肩がすっぽ抜けるような後遺症をのこしたまま、終戦となってしまいました。

ついでですが、戦後の東京で家庭をもってからも、わが子を抱いていると、知らず知らずのうちに、子どもがずり落ちるのを、どうすることもできませんでした。ときたま右肩に電撃ショックが走って、ひとり驚いていました。野球はあれ以来、見るだけのスポーツになってしまいました。そのような事情は、戦後も他人にしゃべりませんから、後輩たちから〝箸《はし》より重い物を持ったことはないでしょう〟といわれると、若干は当たっているな、と思っています。

夜のうちに雪の積もったある朝、震える間もなく初年兵らは全員マラソンに連れ出されました。むろん武装はしていません。整然と営内を出ると、通りには中国人がまばらにたたずんで、マラソンを眺めています。その胸のうちを測るゆとりは私にもありません。中国人に〝弱兵〟ぶりを見せるわけにはいきませんから、雪を踏みしだいて走るうちに、列は早くも乱れています。

到着以来まだ営外へ出ていない私たちにとって、はじめての〝外出〟です。コースも走行距離も教えられていません。たとえ予告されていたとしても、生まれてはじめての道路を走るのですから、下手をして集団を見失うと迷子になるおそれがあります。かといって、ペースの配分などという気のきいたことはできません。早くも先頭に立とうとして突っ走るヤツは、団結を忘れ、なにか勘違いしているのでしょう。日ごろ万事にスマートな兵長が、リード役を果たしているのか、スイスイと走って初年兵の抜け駆けを許しません。私は焦らずに中庸をとって走っていました。

市街を抜け、野を走るころには雪も厚くなっていました。やがて丘陵を駆け上ると、見えも外聞もなく歩き出す者、息も絶え絶えの男とさまざまです。互いに激励したいのはやまやまですが、言葉を発することは体力の消耗を早めるので、私は彼等に調子を合せることで団結を守ろうとしました。というのも、実は私自身が体力の限界を感じていたからでもあります。上りがあれば下りもあるのは世の常で、樹木が雪を遮っていてくれたおかげもあり、下り坂で若干は体力・気力の回復を見ましたが、帰り着かなければどうなるかを考えると、落伍は許されませんでした。

ほとんど前後不覚で営門にたどり着いたとき、後ろから到着した者はそう多くはなかったようですが、軍隊という集団は結束して動かなければいけない、という意識と役割を果たせたこと、少なくともその結束の中に踏みとどまったことで、ほっとしました。最終走者として帰って来た〝ロートル〟上等兵は、シンガリを務めて、全員の結束をはかったのに違いありません。

ほぼ十キロ余りかと思われるコースを完走した初年兵たちは、そのまま解散するわけではなく、営門の近くで体操をしたのち、下士官の訓示を聞かされました。聞いているうちに私は、自分の意識が鈍って、血の気が引いて行くのを感じました。〝ロートル〟上等兵が私の腕を取ったのは、私の体が傾きかけた瞬間だったに違いありません。

上等兵は、私の腕を取ったまま兵舎に向かいました。

「お互い、軍隊は厳しいところだから、我慢するしかないだよ」

歩を運ぶことによって気分も回復してきた私は、この「ないだよ」に特別の懐しみを感じました。東京風なら「ないんだよ」となりますが、信州と甲州に共通の言い回しを耳にし、しかもそれが年配の上等兵による激励と思うと、苦難のなかにも暖かみを感じていました。私の寝台まで連れて来てくれたとき、私は「もう大丈夫。戻ります」と言いましたが、そのとき一同は解散したところでした。

私たちの中隊に下士官・古兵を通じて三十歳代は珍しく、この上等兵は年をくってから召集されたに違いありません。すでに父親であろうことは、一見して分かりました。この温厚そうな上等兵でも、一転して初年兵にビンタを食らわせているところを、再三見せつけられましたし、私自身も一度だけやられたことがあります。軍隊にいて、それをやらねばならない立場に上等兵が立たされたのだと思いたくなりますが、しょせん軍隊は、そして戦争は、人の精神状態を変えてしまうものだと、私は考えています。

なお、前記の「ロートル」という言葉は中国語の「老頭児」であることを、こんどはじめて知りました。三十歳代で〝ロートル〟というのも妙な話ですが、大相撲で「年寄り」というがごとし、です。

人殺しの予行演習

南昌の冬は大雪に震える一方で、夏は炎熱地獄でした。〝電線に止まったスズメが焼き鳥になって落ちる〟という事前の説明はオーバーでしたが、脳炎患者は出ました。半ズボン（半袴《はんこ》といったか？）姿。ついで上半身はだか。それでもダメなら〝越中〟ひとつでです。軍隊の下ばきは、なぜか〝越中〟に限られました。戦後のひところ〝クラシック・パンツ〟の名で若者の一部にはやった、あれです。

戦時中はむろん繊維不足でしたが、それを数本持たされて入営しました。その中に人絹のが一本入っていました。伯母が祝意を込めて贈ってくれたものですが、私は戦地へ行ってもこれは使わないようにしていました。大切な物だからではありません。木綿のように肌にピッタリこないからです。まして、これひとつになっては、ツルツルして活動するのに適当でありません。

戦地でも、警備部隊ですから銃剣術の訓練はありました。学生時代に「術」ではなく「道」であると、軍事訓練で精神主義を吹き込まれましたが……。猛暑の昼日中《ひるひなか》、銃剣術をやったことがあります。部隊は大きく円陣をつくり、一同はヨロイのような防具で身を固め、戦う前から汗グッショリです。防具の下にも着込んでいるのです。

まず二名が指名され「やあ」「やっ」と気合いらしい声を発しますが、激突する風がありません。古兵にどやされて、やっと混戦のすえ決着がつきました。勝ち残りの兵に対し、遠巻きにした中から一人がとび出しました。「四人抜いたら面を脱いでよい」という初めの申し渡しに、だれも面は脱ぎたいにきまっていますが、この暑さのなかで四人抜きをやるというのは容易なことではありません。第一戦を物にした男は第二戦で敗れ、面を外せないまま肩で大きく息をしています。

「次っ！」

なんと私は、いつの間にか「やあっ！」と己に気合いをかけながら、足ばやに円の中央に進み出ていました。〝オレが二人いる〟と感じたことが私の半生に数えるほどありますが、これもその一つです。

学生時代から厭戦《えんせん》の塊であった私は、軍事教練に対する嫌悪感と苦手意識から、きわめていい加減にお茶を濁してきました。その私がいま、自分の面を脱ぎたいばかりに、つまり生理的な目的ひとつで、遮二無二突進して、木製の切っ先を相手の心臓部めがけて突き出しました。例の右肩はもう気にならなくなっていました。

勝負は一発で決まりました。夢かと思うほど、相手の抵抗がありませんでした。こうなると負ける気がしません。さあ来い！　私は、四人を続けざま〝血祭り〟に上げてしまいました。

その瞬間、急に暑さが私を襲いました。カブトを脱ぐと、いや面を取ると、暑さはさわやかでした。私ひとり、いい気分なのは、みんなに申し訳ない気もしますが、約束事だからやむを得ません。これまで一勝した覚えもない銃剣術で四連勝した私は、全員が勝ち抜くようにと、心のうち応援しながら、観戦していました。

冷静さを取り戻したとき、私は急にゾッとしました。《なんだこれは。人殺しではないか》

ワラ人形を敵兵に見立て、木製ならぬ本物の銃剣でグサリと突く訓練も何度かやりましたが、抜くときの力の入れ方とあわせ、真に迫って残酷でした。ワラ人形はあくまで人形であって、抵抗するということが決してありませんから、無抵抗の人間を刺殺するようで、かえってやりきれなさを感じたものです。

〝暗夜に霜の降りるがごとく〟という表現が軍隊で使われました。私の認識した限りでは、小銃のヒキガネを引くときの要領をいったものです。射撃のさい、右手は銃把《じゅうは》を握り人さし指をヒキガネにかけますが、握力を絞りながらヒキガネを引く呼吸は、一発必中の心構えとされました。つまり、一発で一人を倒そうというのですから、戦争とは公然たる人殺しそのものです。

占領地区の警備をやっていると、敵は姿なきゲリラですから、派手ないくさはしませんでした。だからよけい陰湿になるのでしょう。はけ口を演習に求めることになります。その演習に〝人殺し〟を感じないわけにいきませんでした。

果てしない広野での大演習が、私に苦い思い出を残しました。

防毒面、つまりガスマスクは、眼鏡を外さないとかぶれません。すき間から毒ガスが遠慮なく侵入してきて、呼吸どころでなくなるからです。それに、目もやられるはずです。眼鏡を外してガスマスクをかぶった私は、強度の近視・乱視ときていますから、見渡すかぎりの大地で方角を見失いました。はるか前方の丘陵を敵陣地と想定していたのに、それも見えるはずがありません。

「銃口をどっちに向けているんだ！」

古兵の声がしましたが、だれがどうなられているのか……。匍匐《ほふく》の姿勢で散開していると、味方の姿さえ見えません。草の株一つが遮蔽《しゃへい》物になっています。目が見えないと耳も万全の働きをしないようです。そういう状況をいいことに、私はそっとガスマスクを外して眼鏡の力を借り、方角をのみ込むと再びガスマスクをかぶりました。

もともと毒ガスなどないのに真剣だった身がやりきれなくなりました。間もなく「状況」が変わって、ガスマスクを今度は正式に外し、匍匐前進のすえ例の丘陵めがけて長距離の突撃をするというのは、体力の限界を越えんばかりでした。むろん演習ですから、丘陵の上にはだれもいるはずがありませんが、これが本番だったら、顔つきもそっくりの中国人と殺し合いを演じなければならないというのは、なんとしても納得できません。「白兵」とは抜き身の刀のことですが、白兵戦がなくても警備の部隊が必要だということは、占領はしたものの、ゲリラや治安上の不安がまだあるということに違いありません。

その警備ですが、私たちの部隊の第一線は本隊から離れ、南昌の郊外遠く人家も見えない地点に設けた分哨所でした。交代で不寝番に立った夜のことが忘れられません。敵方をよく展望でき、しかも敵から発見されない地形の所がよいわけですが、はるかかなたの高地に立つ一本の樹木が〝敵兵〟に見えてハッと身がすくんだこともありました。ときには小銃の音が夜のしじまを破り、思わず身構えたこともあります。私一人が目標にされたわけでしょう。

立哨《りっしょう》は一人ないし二人ですが、問題なのは夜、一人で歩哨に立つときです。だれも見ていないのをいいことに、石に腰を下ろしてひと休みしているうちに、高いびきで寝入ってしまい、狙い撃ちで見回りに来た下士官に見つかった男もいました。本隊へ戻され、食物は普通で時に入浴もできる〝軽営倉〟の処分を食いましたが、番兵に番人のつく人間不信の社会で、まんまとその穴に落ちてしまった同僚。後ろ手に縛られた縄の先端を持って、厠へ連れて行く立場に立たされたとき、彼の後ろを歩きながら私は不覚の涙を落としました。

分哨所の近くに小さな古井戸がありました。それほど深いとも思われません。こっそり中国酒とスイカをつるして冷やし、ころ合いをみて全員、といっても数人で楽しむのがたった一人の古兵の知恵でした。私たち初年兵にも異論のあろうはずはありませんから、秘密は守られました。

ある日〝ぼちぼちやるか〟と言う古兵について行ってみると、井戸の中に大事な宝がありません。井戸は浅そうですし、スイカは浮かんでいるはず。だれかにしてやられたに違いありませんが、ここに詰めている日本兵の仕業とは考えにくく、結局ゲリラのせいにして、懲りもせずに次を冷やしました。無念そうな古兵をみると、同じ人間同士に立ち返ったようにも思えますが、機嫌が悪いのには閉口しました。

あの中国酒は「白酒《パイチュー》」といわれていましたが、後年になって調べてみると、本物の白酒は無色透明の蒸留酒で、アルコール分五〇％以上とあります。白くて飲み口のよかったあの酒は、濁酒《どぶろく》だったに違いありません。

分哨所にいた私に、国の母から、もうあきらめていた便りが届きました。南昌の本隊から来たのです。手渡された封書には、松本連隊気付で符号の部隊名と私の氏名だけが記されていました。その部隊がどこにいるのか、肉親にも分からない仕掛けになっているのです。だから、私が中国大陸にいるなどとは、母も知らないわけです。それにしても、延着もいいところでした。きっと、私たちが来たときと同じ朝鮮半島経由で、たどりたどって届いたのでしょう。

歩哨交代で私の休憩時間になると、手紙を上衣の物入れ（ポケット）にしまって裏手の丘に上り、切り株に腰を下ろしました。やおら封を切って読み始めます。「秀夫、元気でいますか」。ホームシックとは無縁だった私の目にもう涙があふれ、嗚咽《おえつ》が止まりません。〝入営直前にこしらえて置いて行った工作品で母は重宝している〟という個所に来ると、だれはばかる必要もなく、私は号泣していました。

暮れそめた空には月が懸かっています。ああ、このお月さまをお袋も眺めているかな――そう思うと、心強いようでいて、やるせない気持ちがどっとわいてきます。

ぼつぼつ勤務時間が迫っていました。そのことに気がつくと、私は取り置きの水で顔を洗い、何事もなかったかのように勤務に就きました。

陰湿な空間・内務班

実戦をやらない建前の警備部隊にいて、演習も厳しかったけれど、集団生活の場である「内務班」は聞きしにまさる陰湿さでした。これが会社なら辞める自由もありますが、軍隊、わけても戦地にいる軍隊では、あきらめるほかありません。もっとも、逃亡という例も絶無ではありませんでしたが……。

内務班というのはどういう組織なのか、経験に基づいて話を進めようと思いますが、どうしても明るい記憶は浮かびません。

南昌で中隊ごとにレンガ造りの兵営を確保し起居していたことは、すでに述べましたが、兵士の居住区域は、三つのグループの内務班に分かれていました。ここまでに私が「下士官」と書いてきた二人は、伍長《ごちょう》であり、のち軍曹に同時昇進しましたが、この下士官が班長として内務班を統率していました。ですから日常、階級を言うよりも「班長」で通っていました。

若干名の古兵を含めて三十人ほどの兵士が一つの内務班を構成していますが〝死生苦楽を共にする軍人の家庭〟などというきれいごととは別に、班長や古兵による無法な暴力と私的制裁（リンチ）が横行し、初年兵たちは常時緊張を強いられました。軍紀を絶対視する余り、というよりはそれをよいことに、地位の乱用が日常生活の場で、おおっぴらにまかり通るのです。

ある日、廊下から異様な物音と、ヒーヒーいう人間の悲鳴が室内に聞こえてきました。皆、一様に聞き耳を立てているうちに、それがリンチであることを察知しました。そのとき、私たち当番は昼食の食器洗いに戸外の流しへ行かざるを得なくなっていました。廊下ではまだリンチが続いています。屋内ではあっても、むき出しの廊下ですから、いやでも見えてしまいます。

軍靴を改造しカカトの付いた上靴《じょうか》（スリッパ）は見るからに頑丈そうです。その上靴で顔面を殴り放題殴るのですから、やられる方は顔が完全に変形してしまって、見るに堪えません。痛さを通り越し、悲鳴も機械的に出ているのかもしれません。それにしてもよく気絶しないものだと思っていると、こんどは腕立ての姿勢をとらせたまま、古兵は行ってしまいました。

気性が激しく、どこかカゲを感じさせるところのある古兵でしたが、洒脱《しゃだつ》な一面をも併せ持っていました。かつて自分が受けた暴力を、こんどは下の者に向けているにきまっています。「あいつが殴られるのは当然さ」と同輩の一人が言い放ったとき、私は空恐ろしくなりました。

一方で、自分が若いころ受けたであろう苦い経験を、下の者に味わわせようとしない人情曹長がいました。曹長といえば、下士官の最高位であり、年配のこの人は初年兵から尊敬されているようでした。ただ、内務班にはほとんど顔を出しませんでした。

私たちの兵営の最高指揮者は中隊長ですが、幹候上がりと思われる中尉でした。二十歳代の若造です。独立した建物に居室を構え、当番兵もついていますから、こたえられない生活だったのでしょう。ときに酔っ払って日本刀を振り回しているという、危なっかしいうわさも耳にしました。

この中隊長が、めったにもなく全員集合をかけました。全員ですから、例の曹長を含めた下士官たちも、いっせいに整列しました。徒手空拳《としゅくうけん》の全員を中隊長は二列横隊に並ばせました。そこでしゃべり始めたのは、訓示とも説示とも思われず、ただ毒づいているという調子でした。虫の居所でも悪いのか……。

突然、前の一列に「回れ右」を命じました。横隊は対面する形になりました。

「向かい合った同士、互いにビンタを張れ。手加減したら許さん。始めっ！」

パチンパチンと相手のほおを打つ音がはじけましたが、音は一様ではありません。きまじめに容赦なく相手を打つ者、このときとばかり日ごろの憂さを晴らす者。ムキになって打ち返す者。罪も恨みもないのに、ただ向かい側にいるだけでビンタの相手にされるのですから、こんな理不尽な話はありません。なかには、中隊長の目を盗んで力を抜く者もいます。

日ごろビンタの配給元とさえ思える下士官同士も、いまはビンタの交換をやっているはずです。一瞬盗み見た私の目に止まったのは、打つ勢いの割には互いにひるむ様子のないシーンでした。百戦錬磨のうえ、手ごころを加える要領を知っているのでしょう。

「ビンタやめっ！」

十二、三分続いたかと思われるビンタの音は、ピタリとやみました。中隊長は、例の曹長の前にツカツカと歩み寄りました。

「気合いを入れてやる。こうやるんだ！」

曹長のほおを目がけて、容赦のないビンタが乱発されました。ビンタ合戦にただひとり高みの見物をしていた中隊長は、欲求不満に陥っていたのかもしれません。気がすんだころ、自分の建物に引っ込んでしまいました。

若造の中隊長から、部下全員の前で恥をかかされた最年長の曹長は、逆に自分の不徳を一同にわびました。中隊長への軽蔑《けいべつ》の念が私の胸を占領すると同時に、曹長への尊敬はさらに膨らみました。中隊に一人いる准尉がビンタの現場にいた気配はありません。下からのいわゆる〝たたき上げ〟ですから、煙たい存在に対し中隊長の配慮が働いたのでしょう。〝ウグイスの谷渡り〟をはじめ、軍隊には昔からリンチがつきものでしたが、加害者にも被害者にも肉親がいるはずです。


深々夜に非常呼集のかかることが、ごくまれにありました。

「今夜あたり、あやしいぞ」

「脅かすなよ」

夜の食後にそんな会話があって、忘れていた非常呼集ということを思い出しただけでも、やりきれたものではありません。むろん、今夜ないとは限りませんし、あるとも断言できません。考えてみれば、どの晩も条件は私たちにとって同じわけでした。事前に言い渡しておいたのでは「非常」の意味がありません。

南昌は、夜一定の時刻（九時だったと思います）が来ると、街全体が消灯されました。日本軍の管理に違いありません。なんとはない不安と緊張のうちにも、寝台に身を横たえると、一日の出来事を振り返るゆとりもなく、ドロのように眠り込みます。

「非常ッ！　非常ッ！」

反射的に私は眼鏡をかけながら飛び起きました。下士官のどなる声。非常呼集です。「やっぱり」などと、昨夜の会話を思い起こしている余裕もありません。装備から衣類その他こまごました物まで、就寝前に整頓《せいとん》しておくことを習慣づけられたのは、きょうのような日のためでした。

防毒面をかぶり完全軍装で営庭に整列せよと命令が出ました。真っ暗やみの中でも、身につけるものは、目に見えるように分かります。難物は巻き脚半（ゲートル）でした。巻き終えたとき、その最後の部分が袴の外側の縫い目と一致しなければならないのですから。手探りでその辺をなでてみます。やや食い違っていますが、この程度は許容範囲内と自らきめました。銃を横に立てかけたまま、防毒面に取りかかります。眼鏡ははずさなければなりません。どうせヤミの中ですから不都合はありませんが、全身の感覚がなんとなく頼りないし、夜が白んで来たら不便に違いありません。

ところが、隣の辺でなにやら騒ぎが持ち上がっています。「どうした?」と聞くと、防毒面の下から、くぐもった声で、防毒面の栓がヒモごと、向こう隣の男の装備に絡まって、動きがとれないのだと言います。〝困ったことになった〟とひとごとながら気が気でありません。いま思い浮かべてみると、やみの中で喜劇を演じている格好ですが、当人たちにとっては、それどころの話ではありません。

「取れたっ!」。何かのはずみで取れたに違いなく、〝自由の身〟になった二人は、私より先に部屋を飛び出して行きました。

営庭に中隊が全員整列したとき、東の空は白み始めました。黎明《れいめい》です。ここまでは中隊としての演習だから防毒面は外せ、という命令にほっとします。

中隊長を先頭に、百人近い隊列は市街を行進しました。到着した広場には、南昌に散っていた四個中隊が集まりました。各中隊の大部分は松本からやって来た初年兵ですが、将校や下士官、古兵もいます。一個大隊で南昌地区を守っているらしいことが、やっと分かりました。

馬にまたがっているのは大隊長であると、下士官が初年兵に教えました。階級は大尉だそうです。私たちの分際では、〝神様〟のような大尉を〝拝む〟ことはほとんどありません。やや小太りの大隊長の乗馬姿は、あまり納まりがよくなく、予備役から召集されたらしく見えました。そうとすれば、国での職業は何だったのだろう？　そこまで考えると、〝馬上豊かな〟大隊長も権威が薄らいできます。

大隊が早朝集合することに意味があったのだと分かりましたから、久しぶりにヤジウマ的なゆとりが生まれ、大隊長の訓示を拝聴して、それぞれの兵営へと向かうころには、各中隊に対して仲間意識のようなものさえ芽生えました。松本を出発してから、中隊ごとに列車の箱が別々で、そのうえ長途の行軍も切り離されていたことを確認できたからです。それにしても、隊列の帰る先は、それぞれの内務班でした。

その内務班にいたとき、下士官室から呼び出しがありました。

「秋山上等兵、入ってよくありますか」

この軍隊独特の言い回し。素直に〝入っていいですか〟と言って、なぜいけないのでしょう。私にとって、いつまでもなじみにくい日本語でしたが、一般社会を差別することによって、軍隊を優先させ、意識の統一をはかる、というのがねらいだったのでしょう。

下士官室に入ると、内地から手紙が来ていると下士官が言います。胸のうちで喜ぶ私に、すぐ手紙を渡す気配がありません。

「彼女からだろう。そこで読んでみろ」

声を出して人前で読めというのです。他に同室者が一人いましたが、苦々しく思っているのか、期待しているのか、押し黙っています。ばかばかしい。姉ですから名字も同じ「秋山」です。

「同姓の恋人だってあるだろう。読め!」

なるほど、同姓の固まっている村落もあるなあ、と妙に〝同感〟しましたが、とにかく読まなければ治まりそうにありません。別段やましいところもないから、相手が気のすむように、姉の手紙を読み上げました。

「彼女だって、抑えて書けばそうなるさ」

もうなにをかいわんやです。分かっていながら、この下士官は……。長年戦地にいるようですから、欲求不満がたまっているのでしょう。そう考えると、この人も戦争の犠牲者のように思えてきますが、やったことは厳しい検閲であり、形を変えた拷問でもありました。

食生活に出た〝弱さ〟

軍隊では一般社会のことを「地方」といいました。「軍こそ中央」ということになりますから、これは武家社会の独善性を思わせる差別用語といえました。一般社会の価値観や通念を締め出すところにねらいがあったようですが、行き着くところは政治に対する軍の優位、軍国主義であり、そういう意味で「地方」は象徴的な言葉だったと思います。

軍隊には、一般社会になじまない生活用語がふんだんにありました。身の回りに例を取っても、服は「衣《い》」、ズボンは「袴《こ》」、シャツは「襦袢《じゅばん》」でした。

「飯上げっ！」

兵営内の別棟の炊事場から〝食事の準備完了〟を知らせる合図があると、各内務班から当番が飛び出し、口々に「飯上げーっ」「飯上げーっ」と叫びながら炊事場へ走ります。

食生活を欠かせないのは軍隊も同じです。ところが、楽しいはずの食事どきが、私にとって苦々しい一面をもっていました。人間の醜い面がモロに出るからです。

ひとつには「飯上げ」の語感が私の神経を逆なでしました。飯は「ごはん」であり「めし」とはいわない生活習慣が私の身についていました。それに「飯上げ」の響きが「召し上げ」に似て、いつまでもなじめません。牛か豚並みの食事を連想して参ったこともありました。

各班の当番が、オケに入った米飯と副食物を、合同の食堂に運び込みます。当番は鼻息が荒く、〝いまや遅し〟と待つ全員の視線を集め、盛り付け作業を始めます。ドンブリに盛られた米飯の表面にはデコボコがありますから、横からみて高く出っぱった部分があると分量が多く見えます。運よくそれが自分の前に配られると、こんどはへこんだ部分が気になって、うらめしそうに見つめる――そういう光景はよくありました。私の斜め前に席を占めた男が「一人分足りないぞ」と言いながら順送りを始めました。もともと人数分だけ配られていたので、一つはみ出すことになりました。「あっ、よかったんだ」と言いながら逆送するとき、自分の前にあったドンブリを取り替えてしまいました。落語の「時そば」もどきを演じて、ひとりテレわらいしたのを、ひそかに見ていた私は、この稚気愛すべき行為も、集団生活では困りものだと考えていました。

炊事場の班長は大柄で、心まで大きいのですが、お人よしが過ぎて初年兵の教育には向かないということでした。炊事場を守り続けて満足そう。「エネルギー源は任せろ」という自負心もうかがわれました。軍隊にはもったいない人柄かもしれません。

食器の洗い場には、残飯捨てのバケツが備えてあります。食欲に軍服を着せたような若者ですが、残飯が結構出るのは不思議なことでした。それをまたバケツから手づかみで取って食べずにいられないヤツもいます。かつては自分もやったに違いない古兵が、ときに物陰で監視していることがあります。

「こらっ！」

〝しまった〟と思ったときには、もう逃げも隠れもできません。その男にビンタが飛ばないのはなぜだろう、そこにいる者が一様にそう思ったはずです。

「何していた！　あとで部屋に来いっ！」

悪いとは知りつつも、手が出てしまうのですから、部屋へ行って〝経験者〟の古兵から拷問されるのも、かわいそうな気がします。

「ふけめし」——といったところで、〝蒸《ふ》けた飯〟のことではありません。食事のことを書いているうちに、悪い思い出がよみがえってしまいました。「ふけ」を漢字にすれば「雲脂」または「頭垢」。頭の皮膚の〝白いアカ〟のことです。だから「フケめし」と表記したほうが分かりやすいでしょう。ちなみに「脂粉」と「雲脂」とでは月とスッポンの違いがあります。

下士官の食事は、初年兵が下士官室に運び、時間を待って下げに行くことになっていました。目はしのきくヤツはその役割を奪い合います。醜い足の引っ張り合いや妥協工作もあったようです。典型的な茶坊主志願です。下士官自身が、茶坊主を務めて昇進した過去をもつと見え、事情は百も承知のうえで、茶坊主が〝ういヤツ〟となるようです。

一方、人のいいのは、自分たち仲間の食事の準備や後片付けに損得ぬきで専念しています。だから茶坊主の分まで面倒をみることになります。

食事に限らず、演習を終えると下士官の脚に飛びつくようにして脚半を外し、靴を履き替えさせる男。その男のために、小銃の手入れまでしてやる見上げた男。それぞれが身の回りの処理に追われているというのに、茶坊主自身は人のいい男に任せっぱなしなのです。

茶坊主を増長させる下士官が悪いにはきまっていますが、私の茶坊主嫌いは、このころ決定的となりました。——

「フケめし」の話をしようとして脱線しました。本筋に戻します。

しぼられでもしたのか、気に食わぬ下士官に食事を運ぶとき、茶坊主は屈折した思いを果たすために、ドンブリ飯の上に自分の頭からフケをかき落す、のだそうです。私自身は茶坊主役を決して演じなかったし、「フケめし」は話に聞くだけで胸が悪くなりました。いま思えば、全員坊主頭で、しかも不潔になりがちでしたから、フケもよく落ちたのでしょう。

下士官はその上を行きました。自らの経験から〝きょうは危ない〟という予感が働くものとみえ、そういうときは直接炊事場に出向き、そこで安心して食事をし、茶坊主は裏をかかれることになります。役者が違うわけです。

私は「フケめし」そのものを見てもいませんが、保護食ならぬ保護色ですから、気がつかずにこれを食べると、テキメンに胃腸をやられると聞きました。

例の下士官ならずとも、自分が犯した悪業は、いずれ他人からもやられる危険が大きいわけです。信頼関係で結ばれてもいない組織体で、命をかけた戦争をするとは、錯覚だらけというほかありませんでした。

ところで近年、食生活が栄養本位に考えられるにつれ「主食」「副食物」と分けて呼ぶことは珍しくなりましたが、当時は画然と区別されました。軍隊の食生活を取り上げながら、この文章で〝主食に添える副食物〟の方をなおざりにした感がありますが、実はなぜか副食物を具体的に思い出せないのです。主食で満腹感をという時代の反映でしょうか。

ただ、あの地方は水牛の飼育が盛んでしたから、水牛の肉を頻繁に食べたことだけは記憶にあります。日本の牛肉と違って脂肪が少ないので、うまいとは思いませんでした。

本隊から離れて最先端の分哨勤務に就いたときの副食物は忘れられません。初年兵が二人ずつ交代で料理をしたからです。料理といっても、野菜類をラードでいためる専門で、きょうもラードいため、あすもラードいため。野菜で変化をつけましたが、緑のピーマンは少なく、ピーマンといえば赤か黄色で、すべてに日本産との違いがありました。淡水魚でもあれば〝御の字〟でした。野菜は中国農民が運んで来てくれ、魚は模擬手榴弾で流れから浮き上らせたものです。

猛暑が来ると食欲不振に陥りました。そんなとき私を救ってくれたものが二つありました。ひとつはナガイモのとろろでした。好物ではなかったはずなのに、アクの薄いとろろをかけると、不思議に食欲が戻りました。もうひとつは陶器の食器でした。ドンブリよりは、特大の茶碗《ちゃわん》というべきでしょう。その一角がV字型に大きく欠けていて、食器とはいえないシロモノ、それが一つだけありました。食器という食器が金属性で、しかもケバケバしい原色の塗りは、私から食欲を奪いました。欠けても瀬戸の食器は救いの神でした。こぼれ落ちないように米飯を盛り、とろろでもかければ、食欲がかなり戻りました。

分哨生活でのこの食欲不振は、マラリアの潜伏によるものであったろうと、あとで自分なりに納得しました。

さて、ここまで来てどうしても思い出せないものに正月料理があります。では正月料理とは無縁だったかというと、そうでもなかったような気がしてくるのです。戦争中の軍隊に、暮れと正月の連休のあろうはずはないと思いますが、元日は南昌まで続いた大移動の途中にあたりますから、どこかの宿泊地で、飯盒に雑煮でも入れて、すすったのではないか——と、これは私の思い出をめぐる心遣いです。自分をあまり哀れにしたくありませんから。

天皇の軍隊の現場

九江からの行軍の途中で、襟に座金をつけられた幹部候補生は、私も含め特別の教育もないまま、一般兵と同じ二等兵から、時間の経過を追って一等兵、上等兵、兵長……と昇進していきました。座金は、古兵の本物の階級と区別するものですから、私たちの将来を約束する一方で、つらく当たる古兵もいました。

そうこうするうちに、幹候のなかの数人が南昌から「某地」へ長期派遣されました。幹部候補生には甲種と乙種とがあって、甲幹はいずれ将校に任官するのに対し、乙幹は下士官になります。前述の数人は、甲幹としての教育を受けるために本隊と別れたのでした。私は松本で幹部候補生の有資格者として申し出なかったことを思い、甲幹に漏れたのは当然と考えましたが、なぜ幹部候補生そのものの中に私がはいっていたのか、前にも触れたように、いまもって不思議です。

夏のある日、私は出頭を命じられました。出頭先は大隊本部だったと思います。甲幹のための採用試験だと、当日係官から言われました。

学生時代の同僚たちは、今ごろ少尉に任官しているだろうか。それにひきかえ、このオレはいま甲幹のふるいにかけられようとしている……。そんなことをふっと思ったりしました。

学科試験を終え、日を改めて面接試験がありました。順番が私に巡ってきて、面接室に入ると、殺風景な小部屋で、三人の将校の視線がいっせいに私に集中しました。事務方らしい下士官も一人いました。いまも記憶している質問が一つだけあります。

「日本はいま大東亜戦争を戦っているが、その目的は何か」

質問の趣旨はそういうことでした。私は〝待ってました〟とばかり、公式論をスラスラと述べました。ほっとしているところへ、中央にいる将校が言います。

「それでは侵略戦争と同じじゃないか」

面接を終えて室外へ出た私は、打ちのめされた思いでした。

《万全の答えをしたつもりが、侵略戦争に結びつけられたのはなぜだろう》

《そうだ！「大御稜威《おおみいつ》のもと」という言葉を言い忘れた！》

《侵略戦争にしてしまったのは重営倉ものだ！》

自問自答のすえ、甲幹を夢見ない私も、身に迫る事態の急変に悄然《しょうぜん》となりました。互いに顔見知りのいないらしい受験者は、猛暑の戸外でよそよそしく待機しています。やがて試験官の将校が戸口から姿を現しました。万事休している私は、将校の顔を直視できません。

「合格者を発表する。一番、秋山秀夫候補生」

何がどうなっているのか、価値観の逆転に私は自分を見失いそうになりました。続く合格者の氏名は耳に入りません。

「秋山候補生、合格者の指揮をとれ」

松本連隊に入営した日の、あの思わぬ大役を思い出しました。

私は折にふれて考えました。あの時の試験結果を大きく左右するものは「大東亜戦争の目的」に関する私の答えだったはずです。

「大御稜威」とは天皇の威光のことで、当時多用されました。この言葉を欠くと、なぜ侵略戦争になるのでしょうか。それは「大御稜威……」が、侵略戦争を聖戦にすり替えるための言葉、今日いう〝キーワード〟であったといえます。そのキーワードを忘れるくらいですから、聖戦を信じてはいなかったわけです。ただ、公然と旗幟《きし》を鮮明にする度胸のあるはずはなく、それが端なくも馬脚を露してしまった、というのが本当のところでしょう。

一方で、あの試験官が「それでは侵略戦争と同じじゃないか」と私に言ったのは、「大御稜威のもと」と、ひと言いえば取り繕えたのに……と同情してくれたのではないでしょうか。そうでなければ、私が「抜群の成績」と評されたことの説明がつきません。私の答えた内容が正確にどのようなものであったか、記憶を呼び戻すことはできませんが、肝心な点を除けば〝模範解答〟だったろうとは思っています。

学生出身と見えたあの将校は、心の奥では戦争の本質をキチンと見極めていたのに違いありません。尊敬すべき人であったと思います。断っておきますが、私を一番で合格にしたから言うのではありません。

私は甲種幹部候補生として、先発の数名と同じように特別の教育を受けることになり、別命のあるまで内務班で相変わらずの日々を送っていました。そこへ日本の敗戦がやって来ました。「甲幹」の別命は「玉砕」の命令となり、一転して「生還」の命令に変わり、私の兵隊の位は「座金つき伍長」で終わりました。

それにしても、日本の軍隊は「天皇」をよく引き合いに出すところでした。こんなことも思い出します。

小銃は用のないときでも、やたらの場所に置かないことになっていました。銃架に立て掛けておくのが普通ですが、短時間の休憩なら抱くようにして自分の肩に立て掛けたまま腰を下ろし、また三挺《ちょう》集まれば三脚のように立て掛け合う、といった具合です。ところが、不用意にも適当な場所に立て掛けたくなるときがあります。何かのはずみで銃が倒れようものなら、ツイていない当人が驚くのは当たり前ですが、古兵にでも見とがめられたが最後、「謝れ!」とどなられ「畏《おそ》れ多くも陛下の小銃だぞっ!」。ビンタが飛ぶのが先だったでしょう。

「三八式歩兵銃殿、申し訳なくありました!」

なんのことはない、上官に謝るのではなく、小銃そのものに人間が謝っているのです。「天皇」さえ持ち出せば事が正当化される軍隊で、だれからも謝られず、同情されることもないのが初年兵でした。

そういえば、昭和四十七年初め、グアム島のジャングルから生還した横井庄一さん(元陸軍軍曹、当時五十六歳)が「天皇陛下に小銃をお返しします」と言ったことが思い出されます。まさにタイムカプセルから出てきたようでした。一人の人間のなかで時間が停止したままになっていたこと、そして「教育」によって人間がそのようになり得ることの恐ろしさを思いました。

横井さんの話は例外中の例外ですが、日本は無条件降伏したわけですから、全軍が武装解除されたのは当たり前の話です。といって、こういう規模の武装解除は日本の軍隊にとって有史以来のことです。〝天皇の軍隊は負けることがない〟と教え込まれるうちに、そんな気になっていた国民、とくに将兵にとっては、このうえないショッキングな出来事でした。

不思議なことですが、そのショッキングな場面の思い出が私にはありません。ペンをとりながらも、記憶を呼び戻そうと努めますが、空白はあくまでも空白です。そこで、一つの結論を出しました。――

私はあの八月十七日に「全員玉砕」を言い渡され、私物などは一切焼き捨てられましたが、最後の突撃をするための兵器は身から離しませんでした。あらためて「全員帰国」を命じられ、小銃は銃架にかけ、他の兵器も所定の位置に納めました。その後、兵器を持ち出す必要も機会もないまま、やがてマラリアで入院ということになりました。病院へ兵器を携行することは、むろんありません。

私が病院から病院へと転送を重ねている間に、原隊で武装解除の日があったに違いありません。それがいつだったか、どのような状況であったのか。戦争・軍隊の経験と縁を切ったつもりの私は、知ろうともしないで今日に至りました。武装解除の日、私の兵器は多分持ち主不在として中国側に渡されたのでしょう。

小銃と苦労を共にした私は、いつも念入りに手入れをしてやりました。私の汗のしみ込んだあの小銃は〝天皇の小銃〟としてよりも、持ち主のいないところで他国の人の手に渡ったことを悲しんだかもしれません。私にも心残りがないではありませんが、その場に立ち会わなかったのは、あれでよかったのだと考えています。

マラリアとの闘い

敗戦を知って幾日もしないころ、私はマラリアの発病で南昌の野戦病院に入院ときまりました。それまでの言い知れぬ緊張から解放されたことも関係があったのでしょう。マラリアについて話には聞いていましたが、死を予感させるほどの熱病であることを、体験によって知りました。

マラリアは蚊によって媒介されますが、症状は周期的に出ます。まず悪寒と震えが一時間余り。ついで四二度にも達する高熱が七、八時間も続いたのち、発汗が始まって、ぐったりしながら次第に平熱に下がります。この間ほぼまる一日。私の場合は、二日おくと同じ症状が判で押したように襲ってきました。その規則正しさは、うんざりするほどです。

私は南昌から九江の野戦病院へ移されることになりました。退院したら原隊へ復帰できると思っていましたから、上官や同輩にも、そして兵舎にも、大した感慨を抱かずに別れて来てしまいました。後になってみると、隊列を組んで悪夢のしみついた兵舎と別れたであろう同僚初年兵の胸のうちを、共にできなかったことが悔やまれます。内地から後続は一人も来ませんでしたから、私にとって顔見知りばかりだったはずです。南昌で病院まで同行してくれた衛生兵に「早くよくなって戻って来いよ。待ってるぞ」と励まされたのが、あの部隊との最後になってしまいました。

九江から南昌へ来たあのときは、線路の跡を伝いながら重装備の行軍をやったものでしたが、マラリアの私は、こんどは水路、鄱陽湖《はようこ》を九江へ渡ることになりました。湖岸にイカダが二隻並列しています。その間に板を渡したのが通路兼トイレ。進行方向を向いて用を足せるのがせめてもです。なにしろ限度を超える数の患者を積載していますから、折り重なるようにしてエビ状にゴロ寝したままです。船頭が慢慢的《マンマンデー》で、イカダはいつ動き出すのか知れません。

遮る物もない夏の太陽が容赦なく照りつけます。水の旅は地獄の旅。そこへ異様な寒さと暑さとが襲いかかります。私にマラリアの周期が巡ってきたのです。その高熱といったら、鄱陽湖の水がお湯になるかと思われるくらいです。しかし、だれも私に構ってくれるはずがありません。衛生兵ひとり乗ってはいなかったのでしょう。もうろうとして耐えている私は〝トイレ〟のわきに転げ込んだことに、どれだけ助けられたか分かりません。高熱が〝トイレ通い〟を頻繁にするのです。食欲はゼロ。他人が物を食べているのが不思議でした。

イカダは、ゆっくりと進んでいるようですが、風光明媚《めいび》とは無縁で目をつむっていると、イカダの行く先は黄泉《よみ》の国だろうという幻覚にさいなまれました。

夜を二回過ごして九江に上陸し、野戦病院にたどりついたとき、夏というのに寒けを覚えました。私たちの一団は、廊下のムシロの上にほうり出されたまま、どれだけの時間を過ごしたことか。病室は満員だったのでしょう。悪寒から高熱へ、私はマラリアの症状のなかで、薄れる意識とひとり闘っていました。

私を診に来た軍医は「駄目だな」というひと言を残して立ち去りました。それでもリンゲルが、やせ細った太ももに打たれました。長いクギのような注射針にも痛さを感じません。薬液を入れた分がプックラと膨らんでいるのを発見したのは数分後だったでしょう。他人の太もものようでした。

私は無性に果汁のたぐいが欲しく、それがなければ生きていられないだろうとさえ思いました。私の様子をのぞき込んだ人に、声にならぬ声を振りしぼるようにしてそのことを訴えると、ここが野戦病院であったことが頭をかすめました。のぞき込んだのが、男まさりとはいえ看護婦だったことは、あとで知りました。あのとき私が所望した物の名は「ジュース」ですが、そのジュースをもらえたのか、またそんなものが敗軍の病院にあったのか、記憶にさだかでありません。リンゲルの効果もあったのでしょう、ムシロからやっと病室に移されて意識がはっきりしたとき、多量の汗が出て、無力感のなかにもマラリアの症状を脱したのだと思ったことが、いまでも印象に残っています。

九江の病院には、虚脱状態のまま二十日間近くいたでしょうか。こんどは南京の病院へ転送されることになりました。実はこのとき「転送」ではなく「後送」という言葉が使われていました。後送とは、傷病兵などを前線から後方へ送ることで、常用語でした。敗戦というかたちで戦争はすでに終わったのですから、私たち患者の気持ちは、内地へ向かって前へ前へと進んでいるのに……。

九江で最後に量った私の体重は、五十五キロから三十五キロに減って、鶏のガラのようになっていました。してみると肉が二十キロあったのか、と思うのは早計かもしれません、あの衰えようは、現在六十五キロの私自身に信じられません。到底人並みに移動できる状態ではなかったのですが、少しでも祖国へ近づけようという配慮が病院にあったことは確かでしょう。ひょっとしたら死ぬかもしれない患者ですし……。

輸送手段は揚子江を下るしかありません。米軍の輸送船も考えられないことではありませんが、どのようにして南京まで運ばれたのか、ともかく南京に到着していたことは確かです。

南京は当時、国民政府の首都。私たちの病院は大学の施設だったと聞きましたが、私が軍に籍を置いて以来住んだなかで、いちばん立派な建物でした。広大な敷地を見るにつけ、ここの大学や学生はどうなっているのだろうと、うつろな意識の中でも気になります。すると、私自身も休学中の身であることに思い至りました。

九江の病院でさえ顔見知りは一人もいなかったのですから、一緒に南京へ送られた患者たちが各室に振り分けられると、大部屋に入れられた私は、天涯の孤児のような思いでベッドに身を横たえました。

マラリア熱は衰えを知りませんでした。特効薬はキニーネといわれましたが、キニーネが顕著な効果を示すのではなく、ほかに効能のある薬がないということのようでした。そのキニーネの品不足のうわさが、風のように私の耳に触れました。悪いことに、高熱は腸炎を伴っていました。

二十人余りの大部屋の真ん中に長いテーブルがあって、ベッドは両側に並んでいます。三度の食事時間は、一日でいちばんにぎやかでした。それが私にとっては迷惑な時間で、食欲もなく、食べ物も与えられない私は、力なく眠ったふりをしているほかありません。点滴ぐらいはやっていてくれたのでしょう。さもなければ死に至るばかりです。

重湯《おもゆ》が出るようになったとき、それまで何物も受けつけなかった私の胃袋にとって、それは文字通り〝重い〟物でした。元気のよい患者がそろって食事をしていても、私には〝自分も食べたい〟という気は起こりません。

重湯に慣れたころ、少しは実のあるものを食べてみたいという気持ちが頭をもたげました。待たされる身にとって、重湯がおカユに切り替えられる日は、なかなか来ません。やっと、おカユがベッドに届けられるようになりました。すると、テーブルで食事をする人たちの食器に入っている主食が固いご飯であることに気づき、〝オレはベッドでおカユを食べる身〟という一種の劣等感に襲われるようになりました。早く固いご飯を食べてみたい。一粒一粒が輝いていて、それをほおばっている人たちの幸福そうな顔をつくづく見ながら、ひたすらその日を待つ心境になりました。おカユを卒業するまでは死ねない、と何度思ったことか。それでもまだおカユ。来る日も来る日も……。

とうとう私は、たまりかねて看護婦に聞きました。

「僕の体には固いご飯はダメなのかなあ。一口でも食べさせてくれたら、それでもう本望だよ」

「そんな弱気を言ってはダメ。軍医殿に聞いてみるからね。頑張って！」

じらされ、じらされたすえ、やっと少量だけれど人並みに、固いご飯を食べられる日がやって来ました。しかもテーブルで。

同室の元気そうな患者の食事に対して私のもった反応が、自分の病状や回復度のバロメーターであったことが、あとで分かりました。

ところで不思議なことに、テーブルの食事を前にした私に、銀メシに対するあこがれにも似たあの感覚が薄らいでしまいました。一口食べてみて、やや失望にも似た思いがしました。他人が食べるのを見て想像した美味はありません。世の中に楽しいことなど、もう何も残ってはいない……。おカユから重湯へ逆戻りした方がいいのさ、とヤケ気味にさえなりました。

私は小さい時から米飯嗜好《しこう》が強く、十代のころは大きめの茶碗に四、五杯は平らげていました。二、三杯で終わろうものなら、父親から「どこか体の具合でも悪いか」と聞かれたほどでした。二十歳になった私は、南京の病院で米飯に裏切られた思いに駆られています。

《どうしたのだろう。体調のせいか。点滴、重湯、おカユで生き延びてきた間に口に合わなくなったのか。それとも、胃袋に負担がかかりすぎるのか……》

米飯は一杯半ときめている平成の現在、あのころの悩みに対する結論は、とっくに出ています。米はわれわれにとって水や空気に似ています。おいしいにこしたことはないけれど、味に個性的な魅力があっては、生涯食べ続けるわけにはいきません。元気な患者が〝固いご飯〟を日常茶飯事として食べているのを、ベッドから見ていた私が〝世にこれほどうまい物があろうか〟と勝手に感じ、過大な夢を描いてしまったのです。

日に三度の〝固いご飯〟の分量が、だんだん一般患者並みにふえ、いつの間にか平常心で食事をするようになりました。目に見えるほどではないにしても、体力——私の場合は、とくにマラリアに対する抵抗力——もついてきたようでした。

上海の捕虜生活

廊下を歩けるようになったある日、南京の病院から追われるように上海へ転送となりました。外界では師走の風が吹こうとしていました。おぼつかない体を患者群の一員として、無蓋車《むがいしゃ》で運ばれました。ここには鉄道が通っていたのです。

とうとう中国の東端まで来ました。〝もうすぐ日本だ〟という感慨をだれもが持ったに違いありません。病院船で帰国するのかな……。

上海も敗軍の病院ですが、病室は内務班ではありません。回診や呼び出しでもないかぎり、妙な緊張感というものはありません。ただ、階級はまだ辛うじて生きていました。病室のベッドから起きると白衣姿ですが、胸に残った階級章のせいで、概して年配者から丁重な扱いを受けました。いつの間にか座金が取れて〝下士官〟は私一人です。

ところが、帰国だの退院だのという朗報は縁遠くなった様子でした。私は、指定された時間以外は極力ベッドに座って、みんなと雑談を交わしました。話はきまって祖国・日本のこと、とくに戦前、食べ物が豊富だった時代の思い出に落ちつきました。

「ビフテキの味が忘れられんなあ」

飲食店を細君に託して来たという年配の色つやのいい患者が、口さえ開けば言っていた言葉です。ビフテキに郷愁を感じる人は意外に多いようでした。

大福モチに目のなかった私には、心配ごとがありました。

「大福は復活するだろうか。大福づくりの技術は途絶えてしまったかもしれない。豆の出っぱり、あれをかんだときの感触は、なんともいえなかったなあ」

これにも賛同者はかなりいました。要するに、昔の食べ物の話ならなんでも懐かしんでいるのです。食べ物の話には〝夢〟があって尽きません。ただ、酒の話は不思議と出ませんでした。

患者仲間には板前もいました。役場の吏員もいました。同じ白衣を着ると、郷里での生活の区別がつきません。教師だっているはずと思われましたが、名乗る人はいませんでした。

室外では、壁の掲示板が人気を呼びました。内地からの情報が、断片的にでも分かるからです。「これからの日本は民主主義……」という趣旨の大臣の談話が伝えられたのは、どこの病院でだったでしょうか。「民主主義」を「共産主義」と混同している人もいたのは笑えません。帰るべき国が百八十度の転換にあえいでいるに違いない時期でした。

「一二三《イーアルサン》、一二三《イーアルサン》」

来る日も来る日も、早朝の一定時刻になると、塀の向こうから号令に続く掛け声が病室に聞こえてきました。広場で中国兵が、朝の体操をやっているようでした。姿はなくても意気盛ん。その領土にいて病みながら帰国できる日を夢みる敗残兵。その対比のなかに自分が現にいるということは、実に奇妙で不思議なめぐり合わせでした。

〝暮れも押し詰まった〟などという空気は、病室にいては感じられません。

突然、大半の患者が退院を命じられました。温室から外へ投げ出されたかたちです。あとには、奥地からの患者が続々と送られてくるはずです。私は、異郷の、しかも敗残という環境での闘病生活三ヵ月半に別れを告げることになりました。

転属先は関西の部隊でした。南昌の原隊とは連絡が途絶えたままです。松本以来のあの仲間たちは、いまどこで、どうしているでしょうか。甲幹で先発の数人は？　最も心配なのは、南昌から長沙《ちょうさ》へ転属となり引率されて行ったグループですが……。何しろ九江から南昌までの倍もある距離を、引き離されるようにして西方の長沙へ向け、徒歩で去った彼等。隊列をキチンと組んで営門を出て行った後ろ姿が胸を締めつけます。長沙に着かないうちに、戦争は終わったはずでした。その長沙が、後に郊外の馬王堆《まおうたい》古墳で有名になったとき、彼等の胸のうちはどんなだったでしょうか。もっとも、たった一人きりになったのは私ぐらいのものだったでしょう。

階級章を外されたまま関西の部隊に編入されたとき、やっと人間に戻った気がしました。〝やっと〟というのは、この部隊に初年兵はいないらしく、いきなり〝しゅうと〟たちの中に飛び込んだものの、階級なしの同列になった思いがあるからです。もっとも、出身地の違う、見知らぬ集団に入ったのですから、いくらかウサン臭さは感じました。

宿舎は大きな倉庫で、内部が幾つかに仕切られていました。一応の挨拶《あいさつ》をすると、あとやるべきことは何もありません。しんどい体をゴザの上に投げ出すと、暖房もない年の瀬は、もう夜になっていました。寒さが身にしみます。上衣と外套を体にかけた上に、古びて薄い毛布が二枚あてがわれました。病室が恋しくなるようでは私の負けです。自らの体温で温まるのを待つ間、高すぎる天井を見つめていると、これは捕虜生活なのだ、と気がつきました。

思い出すのも忌わしいのですが、「戦陣訓」というのがありました。大東亜戦争に突入する前、東条英機が発したものでした。それに「生きて虜囚の辱《はずかしめ》を受くるなかれ」というのがありました。捕虜となるよりは死ね、というのです。絶望的な状況下で「玉砕」という名の全滅が、大戦末期にどれだけ繰り返されたことか。私たちが南昌で、いったん「玉砕」を命令されたのも、それに基づくものでした。

しかし、いまは違う。〝虜囚の辱め〟などあるものか。全軍が虜囚、いや日本全体が虜囚かもしれない！

夜遅く、退院以来の食事をとった後は、正式に就寝するほかありません。一夜にして変わってしまった環境で、敗戦下の捕虜生活が容易に夢路をたどらせてくれません。尿意を催した私は、倉庫を出て寒空の下を所定の位置まで来ました。片時も離れずに行動を共にしてくれた〝わが子〟も、変わりはてた外界を見て首をすくめています。

すっかり冷え切った体を〝寝床〟に横たえ、自力で温めているうちにウトウトし、明ければ外は快晴でした。

朝の〝儀式〟をすませると、古顔の青年に倣《なら》って倉庫の壁を背に、日なたぼっこをきめ込みます。どこからともなく土地の子どもたちが現れ「先生先生《シーサンシーサン》」と離れません。物々交換を迫っているのですが、商談はなかなか成立しません。三十センチばかりの布切れ一枚を進呈すると「謝謝《シェシェ》」と喜んで立ち去りました。

日本の軍隊で「使役《しえき》」という言葉がよく使われました。人を使って働かせること、もしくは、使われて働くことをいいました。「せる」「させる」は使役の助動詞と教えられたのは中学時代ですが、忘れていたことを今ごろ思い出しました。ただし、この「使役」とは使役が違います。そういう意味でも、ここは「労役」の方が通りがいいかもしれません。日なたぼっこをしていると、急に「使役！」という号令のかかることがあります。階級のない集団の間で号令のかかること自体おかしいと思いますが、実は命令の出所は中国軍であって、日本側はその命令を全員に伝えているのです。

はじめての環境のなかで、最初の使役は船からの荷降ろし、船荷は小麦粉でした。中国人労働者は、大きな袋を三つ以上も肩の上に重ね、ユサユサ揺れる渡し板の上を軽々と陸上へ下りて来ます。よくよく腰のバネが強くできているなと、感心してみているうちに、名横綱・双葉山の二枚腰も沖仲仕の経験が生んだことに気がつきました。

私たち日本人の集団からは、屈強の者が選ばれ、〝弱卒〟は地上の荷を倉庫へ運び込むという、安全な作業に就きました。ところで私は、病院からほうり出されたばかりで、足腰には全然自信がありません。マラリアも治ったわけではありません。ただ、私のそんな事情を知る人は人事担当者以外になく、一般には、なんとなく頑健でない男と見られていたに違いありません。

いやおうなく、私は積み上げられた荷の前に列の一人として並びました。私の順番が来ると、私の肩から首にかけて小麦粉が一袋載せられました。柔らかいけれど、ズシリとした感じはありました。これくらいなら大丈夫と半歩踏み出そうとしたとき、肩にもう一袋が載せられました。重さは倍になった計算ですが、とらえどころのない重さが体を沈めようとするかのようです。

「はい、次っ！」の合図に、私は歩き出さねばなりません。いくら戦争に負けたとはいえ、中国人に対して日本人のメンツがかかっています。ふらつく腰。雑念を払い、渾身《こんしん》の力を込めて歩を運びます。小麦粉を運んでいると思うことも雑念のうちです。とうとう倉庫に着きました。無念無想の境地はここまで。私は肩の荷をほうり出すと、虚脱そのものの状態でした。

ふらふらと倉庫の壁際へ行くと、私は腰を下ろして積み荷運びをうつろな目で見ていました。「さぼってるな?」と言い捨てて運搬の列に並びに行く若い男の後ろ姿を見送りながら、全力を出し切ってしまった私は、捕虜の分際を忘れていました。

中国側の責任者は、ほとんど私たちの前に姿を現しませんでした。私の体験した限りの捕虜生活では、虐待らしい虐待はなく、小悪を除けば、中国人の大きさが印象として残りました。

ささやかな料理で正月を迎えました。飯盒のフタで回し飲みした一口のビールの味は、この世のものとは思われませんでした。ビールは苦いものと相場がきまっていますが、あのビールが甘かったのは、幻の味覚だったのでしょうか。

日本の〝部隊〟が帰国のため続々と上海に集結していて、順番がいつめぐって来るか分からないという風聞が、まことしやかに流れました。使役のない日は、来る日も来る日も素浪人の状態でした。組織としての上下関係はほぼなくなっていました。

ところが、寒さと乗船待ちとの闘いのなかで、厳しい出来事が突発しました。

私たちグループのいる仕切りの向う側で、興奮状態のどなり声と悲鳴、それに激しい物音がします。寒さを忘れて耳を澄ますうちに、それは朝鮮半島出身者が〝反乱〟を起こしたものであることが分かりました。准尉としてかなり権力を振るったらしい四十男が、階級章を外されて年を越した時点で、彼等の屈折した感情の爆発をまともに受けたのです。罵声《ばせい》はとどまるところを知らず、小男の元准尉はひたすら謝りますが、殴る、ける、追い回す。ヒーヒーという悲鳴は倉庫中に響きます。皆、息をひそめ、仲裁に割って入る者はいません。

日本に統治され、大義名分もなく徴兵され、あげく、リンチも受けたであろうことに対する恨み。〝いまに見ていろ〟と、時機を待っていたに違いない民族のプライド。日本人の部下のなかにさえ〝ざまあ見ろ〟と溜飲を下げている者も多かったに違いありません。ただ、殴ったからケリのつく問題でもなかろうと考えているうちに、何がきっかけになったのか、倉庫内は平静さを取り戻しました。

私は歴史の過酷さに立ち会った思いで、考え込んでいました。そしてまた、規律が厳しければ厳しいほど、それが破れたとき、もろいものであることをこの目で知って、むしろほっとするものさえ感じていました。

生きて還った！

米軍の輸送船ＬＳＴは、敗残の日本人たちを船倉に詰め込んで、上海を出港していました。目ざすは佐世保港です。

待たされることのいらだたしさは、日常生活で経験することですが、うわさだけが頼りの帰国予定は、近づいたり遠のいたりの繰り返しでしたから、気を紛らわすことのない環境で、その日を待つ辛さをいやというほど味わわされたあげく、私たちは二月に入ってやっと、帰国の日を正式に言い渡されました。きまると、もう猶予はありませんでした。

入院中にたまって、後生大事に持ち歩いた若干の資料やメモ類まで、残らず中国兵に没収されていました。上海で病院生活にピリオドを打ったとき渡された使い古しのゲートルは片脚分だけでした。軍隊時代の私は、習慣として右脚からゲートルを巻いていました。渡されたゲートルを巻いてみると、右脚に戦争のカゲが尾を引いているようであり、反対に左脚は人間に返った風に見えます。けれど、集団のなかでゲートルを巻いていないのは、私の左脚だけであることに気がつくと、孤独な左脚が哀れで、朝巻くときには交互にしてきました。

船倉の旧将兵は、乗船すると間もなく一様に横になりました。〝海へ出ると横揺れがひどいらしいぞ〞という警告が流れていたからです。隣人同士で語り合う者もなく、皆なにを考えているのか、考えていないのか、目をつむったままです。船の機械音と英語の話し声がたまに遠くから聞こえるだけです。私はゲートルを右脚にキッチリと巻いて、身を横たえていますが、眠れるわけがありません。

公海へ出たらしい輸送船のローリングの激しさは、船倉で目をつむる私にもはっきり分かりました。船内を闊歩《かっぽ》する米軍の将兵たちは、大揺れに遭っても〝へいちゃら〞でいます。揺れに身を合わせ、へたな抵抗をしないのがコツのようですが、彼等にとっては生活そのものです。

一方、日本側は全員討ち死に同然の体たらく。あちこちで嘔吐《おうと》の真っ最中というのは、情けない話です。思考能力を半ば失った私の頭脳は、眠っているのか目覚めているのか、自分でも分からない状態です。「我思う、故に我在り」なんぞクソ食らえ、です。時間が経過して佐世保に無事入港することを、ひたすら祈るばかりです。幸い吐き気には、いまのところ襲われません。

船倉に繰り広げられている光景は、日米両軍の戦いに勝負あった瞬間の図、といった有様です。

心強い日本人が一人いて、米軍将校との間を取り持つ通訳兼連絡係の任務を引き受けていました。

「軍医どのーっ！　軍医どのーっ！」

〝広瀬中佐〟ではないけれど、通訳氏が大声で呼ばわっています。米軍側が用がある、というのです。階級などというものは、もうとっくにないのですが、医者とあれば一目おかれ、前官待遇といった呼称です。

「軍医どのもダメです！」

弱々しい返事が返ってきます。軍医どの本人は、声も出ないほど参っているとみえます。

水分をとらないから、尿意を催すことがほとんどありません。はじめて甲板のトイレへ向かったとき、階段状の坂道を死ぬ思いで上りました。途中、ローリングがひどくて足が進みません。それどころか横へ飛ばされて腰砕けする騒ぎです。次々に上る人、下りる人、だれもが同じことをやっています。一人が「オエーッ」とやると、つられるようにまた一人「オエーッ」と来ます。とうとう私も胃袋が飛び出しそうになりました。

折角ここまで来たのですから、ただで引き返すことはできません。前方を見上げると、空か海か、青々とした幕が右、左と交互に張られたような具合です。船体の細長いLSTが風波に翻弄《ほんろう》されて、海が縦に見える、つまり船が横ゆれの極にあるわけで、ひっくり返ったら海の藻屑《もくず》です。大揺れの甲板にいた日本人が一人、海にほうり出されたという情報を、あとで耳にしました。

揺れが軽くなるのを待って甲板へ出ます。甲板の中央に七、八メートルはあったでしょうか、細長い仕掛けがあって、これがトイレでした。流しそうめんを想像してもらえばいいかと思います。流れに沿って両側に狭い板があります。〝大〟の場合は、これに腰をかけるはずです。いまは〝小〟ですから、流れに向かって用を足すことになります。

天気晴朗の航海で、米兵がズラリ腰をかけて並んだ光景を想像するだけで壮観です。〝女は乗せない輸送船〟でしたから、あっけらかんとしたものでしょう。

用を足すと、さっきの坂を下りるのですが、相変わらず倒れたまま手を口に当てている者が何人かいます。私は千鳥足で自分のねぐらに帰ると、ドテッと横になりました。向こう三軒両隣の反応はありません。

輸送船は、東シナ海の真ん中あたりで速度をおとしているらしく、連絡係がそんなことを言いながら通り過ぎました。

船の底で時間の観念を失った私には、昼も夜もありません。ただ、これからは佐世保港へ近づくばかりだろうと、絶望のなかにも、一筋の光明を感じたころ、船倉に「食事」の合図が流れました。物を食べるという作業をすっかり忘れていました。そういえば、胃袋は空っぽのままどれだけの時間が経過したでしょう。それでも食欲はまるでありません。

寝ている者は起こされ、有り難迷惑でない者は居そうにありません。わきに置いた各自の飯盒におカユが入れられました。南京の病院以来のおカユですから、私には懐かしい思いもかすめますが、いまなんでおカユなのか分かりません。

あちこちで「ヒャーッ」という嘆声が上がり始めました。一口すすってみて、これは食べ物ではないと、私も思いました。日本人向けに海水でおカユをこしらえたのだという〝権威ある〟話が伝わりました。米兵が作ってくれたに違いありません。〝昨日の敵〟に塩をおくって、生かしておいてくれるだけでも感謝すべきかもしれませんが、これを食べることは死ぬより辛いと思いました。塩を主成分にして、そこへ水と米粒を足して煮た——そうとでも思うしかありません。飲み水はないし、一口だけで焼けついたようなノドは、自然治癒を待つほかありません。副食物らしいものがあったという記憶もありませんが、退屈きわまりない船旅に、アクセントをつけてくれたといえばいえるでしょう。

大揺れも船酔いも、ウソのように消えて、起き上る人が出てきました。

「佐世保港外で停泊中だそうだぞ！」

叫び声がすると、現金なもので、皆いっせいに起き上りました。甲板へ出ることは禁じられましたが、あの塩分いっぱいの一口以外には口にした物のない私たちは、起き上るだけで精一杯でした。考えてみると、あのトイレにも一度行っただけです。胃袋に液体も固体も入れていないということの意味を思い知らされました。

沖合での停泊はベラボウに長かったけれど、下船用意の合図が出て、やっとの思いで甲板に上がったとき、はるか向こうに日本国土の緑が目に入りました。

《生きて還《かえ》ったぞ！》

上海から二泊三日で佐世保に上陸した私たちは、ＤＤＴという初耳の薬剤を頭からシャツの中まで、米兵に浴びせられました。人間の肌を恋しがるシラミに上陸してもらっては困るからでした。

旧日本兵の長蛇の列に、いやな顔ひとつ見せず、せっせとＤＤＴを振りかけてくれる米兵の作業を見ているうちに、私は〝特製おカユ〟の一件を思い出し、あれは〝恩讐《おんしゅう》を越えた厚意〟と受け取るべきだったと反省しました。この変心は、負けて帰国した国土に米軍が進駐していたことを素直に受け入れた私の気持ちと、深くつながっていました。無条件降伏した日本と、一度は死んだはずのわが身でしたから……。

佐世保の仮設宿舎でかみしめた銀メシの味は、いまも忘れられません。文字通り重いメシでした。野戦病院で重湯、おカユに耐えたすえに食べた〝固いご飯〟の味とは比べようもありません。

天皇の軍隊は単なる集団になり果てていましたが、その集団は翌日列車で東へ向かいました。それぞれの故郷へ帰るのです。令状一枚で軍隊にとられた私は〝流れ解散〟に感無量の思いでした。主要駅で列車がとまるごとに仲間がだんだん減って行きます。二度と会うことはないはずです。私が退院後に転属となった集団に一人だけいた年配の信州人とも別れ、とうとうひとり、小淵沢から小海線の人となりました。

肉親の疎開を見越して、途中駅から郷里へ電報を打ちましたから、佐久のわびしい駅には父と姉弟が迎えに出てくれましたが、着のみ着のままの〝敗残兵〟を見逃してしまい、私の方も出迎えに気がつきませんでした。

炬燵《こたつ》を熱くし、手料理の祝膳《しゅくぜん》で待ち受けてくれたお袋。同じ中国大陸から姉婿、長兄、私の順で迎えると、二ヵ月後に世を去りました。葬儀を終えた日に復員してきた次兄を待てずに……。

昭和十九年十二月から二十一年二月まで。死ぬ思いで死なずにすんだ一年三ヵ月、いや足かけ三年。最後は右脚に巻き直して帰ったゲートルを、私は苦い思い出とともに捨てました。

南昌との再会

——平成三年の独り旅——

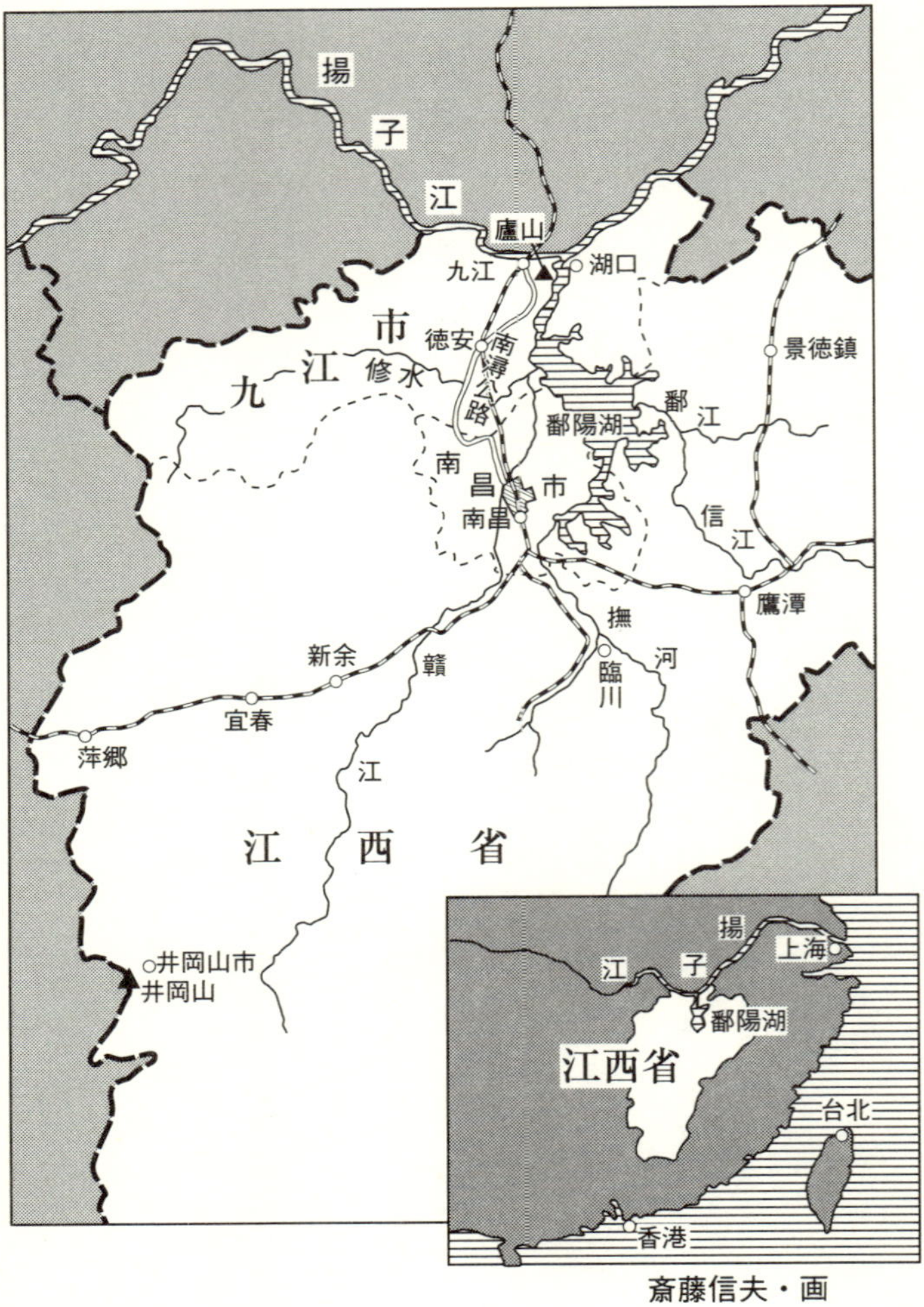
揚
子
江
廬山
九江
湖口
市
徳安
南
潯
公
路
景徳鎮
九
江
修水
鄱
江
鄱陽湖
南
昌
市
南昌
信
江
鷹潭
撫
河
新余
贛
臨
川
宜春
萍郷
江
江　西　省
井岡山市
井岡山
揚
上海
江
子
鄱陽湖
江西省
台北
香港

斎藤信夫・画

四十六年目の悲願

　あれから四十六年の歳月が流れていました。中国大陸を土足で踏みにじった旧日本陸軍。その一員として、戦争末期から敗戦後にかけ、江西省の南昌・九江地区に足跡を残した私は、平成三年五月に悪夢の地の独り旅をしました。成田空港から上海を経て南昌へ飛びながら、同じ南昌までのあの苦難の、そしてむなしい大移動の道をしのんでいました。正味わずか四時間半の空の旅は、楽しくて辛い〝心の旅路〟の始まりでした。

　それより五年前の昭和六十一年夏、私は旅行社のツアーに加わり、戦後中国の初訪問をやっと果たしていました。北京、上海および蘇州の三都市を巡るだけの観光旅行でしたが、日程からも参加者の数からも、満足のいくものでした。蘇州に思いを残した旅情を随想にまとめたとき、「これからも生き延びて、ぜひ南昌の地を訪れたい」という熱望が、突如としてわき起こりました。そのことを二行ばかり書き足しましたが、本になったとき、その分だけが次のページに別れてしまったのは、ひとり言をつぶやいたかたちになりました。

後日、中国に関する旅行案内を二、三繰っているうちに、もう胸騒ぎが始まりました。南昌周辺は観光地として外国人旅行者に開放されているものの、日本側旅行社の団体ツアーの対象に含まれていないことが分かりました。ほっとした次の瞬間には、がっかりしていました。ある程度の参加者が集まらないと、旅行社にとって採算が合わないことは理解できます。かといって、計画をあきらめることのできない私は、時機到来を信じながら、この課題をいったん意識の外におくことにしました。

平成三年三月末、私はなぜか南昌への旅を実行するには今をおいてない、という気になりました。思い込んだら命がけ、とは大げさですが、なんとしても計画を果たそうと思い詰めました。

ところで、戦争と軍隊の経験を切り捨ててしまっている私は、かつての〝戦友〟とも完全に没交渉で来ました。そうかといって、南昌周辺に共通の関心を抱く人のいるわけもありません。気の合うのはこの自分だけと知ると、独り旅を心のうちできめました。きめてみると、当然すぎるほど当然の独り旅でした。旅行社に直接相談してみて、次のことが分かりました。南昌周辺は外国人旅行者を歓迎するので、独り旅も可能であること。訪問都市ごとにその地の通訳がついて、到着から出発まで行動を共にしてくれること。――私は目の前が開ける思いでした。

実は、四月末に始まるゴールデンウィークを当て込んでいた私は、いまからでは遅すぎると思う一方で、こんどこそ本気になっていました。四月初め、日中両国の航空会社に運航時間を尋ねましたが、若干の不便はあるものの、当然のことのように中国側の旅客機を選びました。ここまで来たら、旅程そのものを煮詰めなければなりません。

成田―上海間と上海―南昌間それぞれの往復便。それに、上海での国際線と国内線との連絡事情。中国便は、国際線も国内線も連日あるわけではなく、スケジュールを希望の期間に収めることは困難であることが分かってきました。

四苦八苦しているとき、私のプランを伝え聞いて、力になってくれる人がいました。夢を夢でなくしてくれたわけですから、私にとって恩人というほかありません。その人の名は奥山忠氏。かつて東京青年会議所の理事長を務めた人で、会議所の「日中友好の会」名誉会長として、いまも中国側との間に太いパイプを持ち、鄧小平氏とも会っています。

話はやや脱線気味になるのですが――昭和二十一年に中国大陸から復員した私は、学業半ばの大学へ戻ることを断念、退学したものの、翌年改めて入学を果たし、二十五年卒業と同時に新聞社に入社しました。在職中の後期に、職務を通じて奥山氏と知り合うことになりました。新聞各社がテレビ・ラジオ欄の配信を託した東京ニュース通信社の社長が奥山氏だったからです。私の半生の三十九年半を打ち込んだつもりの新聞社を辞めるさい、奥山氏は東京ニュース通信社の顧問として、懇意の私を迎えてくれました。平成元年のことで、私は破格の厚意を受けることになりました。

その奥山社長のひと言から、私の南昌・九江地区独り旅が実現することになるわけです。話はその日のうちに中国へ伝えられ、中国側の手配も順調に進められました。中国側というのは、北京の「中華全国青年連合会」（中青連）のことです。もし奥山氏の橋渡しと中青連の組織がなかったとしたら、回想の独り旅は実現していたとも思われません。ということは、私の体験した二つの時代の南昌周辺を結びつけようという企画は、日の目を見ないで終わったことになります。

中青連は、私の希望に基づいて、五泊六日の旅行日程を立ててくれ、通訳も一人、北京の中青連から派遣して、私と旅を共にするように取り計らってくれました。日本側からの事務手続きは、奥山社長の指示を受けた総務局の幹部が面倒をみてくれ、航空券も用意されました。

「中国民航」という呼び名に親しんでいた私は「中国東方航空」と記されたスケジュール表や航空券に、少なからず面食らいました。だんだん分かってきたところによると、「中国民航」は二つに分かれ、北京との往復の方は「中国国際航空」、上海との往復は「中国東方航空」の管轄となり、組織改革の行なわれたのが、私の旅行の直前に当たったようでした。

中国では、国際線と国内線との連絡事情から、行きも帰りも上海で一泊することになるのはやむを得ません。それでも、成田―南昌間はひとっ飛び、いやふたっ飛びでした。わびしい兵隊服に身を包み、松本から南昌まで、一ヵ月半をかけたあの大移動。あれは何だったのか。成田空港を離陸した中国機の機上で、私は感慨の底に引き込まれる思いでした。

それにしても、到着の上海から帰りの上海まで、通訳として六日間の旅を共にしてくれる人のイメージは浮かびません。私にとって、中国の人との一対一の付き合いというのは、多分はじめてのことです。中青連の一員ということからすれば、青年であるには違いなく、したがって戦争世代の人ではないことも、分かり切ったことです。その青年に、一方的にお世話になるわけです。

世代は変わってきても、あの国の人たちに大きな迷惑をかけた日本の過去を思うと、六日間とはいえ旅を共にしてくれる青年に、私の胸のうちをどのように表現すべきか、思いあぐねてしまいます。あげく、私は戦争へのこだわりを「友好」に転換することこそ最大のおわびとお礼であることに思い至りました。口あたりはよくても言葉だけで中身のない「友好」ではなくて、一対一の友情の積み重ねこそ本物の友好に届く道であることに気がつくと、私はかえって希望に胸をふくらませました。

それにしても、間もなく会うはずの通訳氏のイメージがまだ浮かびません。——

空から見た雨の南昌

五時間遅れの旅客機が上海空港に着くと、出迎えの人波の最前列に「熱烈歓迎　秋山秀夫先生」の大文字が目につきました。それを掲げた通訳氏が、合図する私を、まるで既知の人のような親しみいっぱいの笑顔で迎えてくれました。上海市青連の幹部も一緒でした。私は私で、万一に備えて「秋山秀夫」と大書した紙を折り畳んでポケットにしのばせていましたが、取り出すまでもありません。握手とあいさつをすませてから、そっとそれを見せると、親しみはさらに湧きました。

かつて日本が〝招かれざる客〟として大集団で踏みにじった国の青年の手を何度も握ると、胸に込み上げてくるものがありました。この人にだけは戦争中のこと、今回の旅の趣旨を打ち明けないではいられません。深夜、上海のホテルの私の部屋で、通訳氏に日本人として心からわびました。彼が当時この世に生をうけていなかったことは承知のうえです。

「分かりました。各地で青連のガイドがつきますが、いまのことは外のだれにも言わないで結構です」

そう言うと、彼は早速、旅のスケジュールの細かい相談を始めました。さきほどから感じていたのですが、彼はイメージも動作も巨人の原辰徳選手を一回り小さくしたような好青年でした。長春の工業大学出身であること、北京と東京で日本語を覚えたことも、あとで分かりました。

それにしても、あの当時の私は、病院生活と捕虜生活を経て帰国の日が来るまで、この上海に滞在しました。市街に出ることなど思いも及ばないことでしたから、いま同じ上海にいるのだという実感は全くありません。ただ、五年前にツアーの一員として訪れた日のことが思い出されるだけです。

今回の私の訪問先は、南昌と九江を中心にした江西省の一部ですが、「江西省」といっても、楊子江の西にあるわけではありません。唐代には「江南西道」に属し「江西」と略称されたのが省名の起源であるという説明を読んだことがあります。

その江西省は中国革命発祥の舞台です。一九二七年八月一日に周恩来、朱徳らに指導された革命軍が省都・南昌で武装蜂起《ほうき》したので、八月一日は建軍記念日として国の祝日になっています。毛沢東が革命の根拠地を置いた井岡山《せいこうざん》は、江西省の西端、山岳地帯の天険であり、農村によって都市を包囲するという彼の革命理論は、ここで確立されたといいます。

あくる朝、上海空港で南昌行の国内便に乗り込むと、機内で日本語の会話が飛び交っていました。南昌行と日本人乗客とが、すぐには結びつきませんが、紛れもない日本人の団体です。私は久しぶりで日本人に会った気がしました。きのう東京をたって来たばかりだというのに……。八人ほどの一行は写真家ばかりで、江西省の山岳地帯をカメラに収めるのが旅の目的だということでした。通訳氏が達者な日本語で私と話し合っていましたから、一行はすっかり彼を日本人と思い込んでいるようでした。中国人であるということが分かってからは、かえって彼に対する写真家たちの親しみが深まり、話ははずみました。私は、独り旅を忘れて日中の民間外交に満足していました。

一時間半近く雲の上を飛んだでしょうか。ぼつぼつ南昌に近づくころです。そのことに気がつくと、窓際にいた私は小窓に顔を寄せて、食い入るように機外を見つめました。写真家たちとの語らいは通訳氏に任せ、通訳氏も私の心情を察しているようでした。私は懸命になって当時の南昌をまぶたに浮かべようとしました。けれど、私にとっての南昌は、地上からしか見たことのない南昌、しかもその一部に過ぎません。

機がスピードを落として下降を始めました。雲の厚いカーペットを突き抜けると、夢に見た南昌が雨模様の姿を現しました。はじめて空から見る南昌。しかも、歳月がたち過ぎていました。気持ちだけが興奮しますが、空回りするばかりで、南昌の昔のたたずまいは一向に迫って来ません。

はじめての南昌空港には江西省青連の幹部が出迎えてくれました。この人と、自動車の若い運転手とは、私が三日後にこの空港を離れるまで、案内を務めてくれるということでした。

〝自動車ついで〟ですが、自動車のことを中国語で「汽車《チーチョ》」ということは日本人にも比較的知られています。「走《ツォウ》」は歩くこと、「手紙《ショウチー》」はトイレットペーパーのこと、というのは意外です。

　空港を出た車は、小雨のなかを飛ばします。交通はほとんどありません。見渡すかぎりの田畑で、これが南昌の街に通じているのかと疑われるほどです。車外の景色に目が慣れ、気持ちが落ちついてくると、ひょっとしたら当時この辺を演習で駆けずり回ったかもしれない、と思われてきました。とたんに、やり切れなくなった私は、通訳氏を介して南昌の予備知識を得ようとしました。私の知るかぎりの南昌のイメージと比べたかったのです。ただ、聞く側の私には、かつて南昌に滞在したことを通訳氏以外に打ち明けられない事情があるため、もどかしい限りです。〝これがあの南昌だ〟という、思い出につながる手がかりは得られませんでした。

　三十分近く走ったころ、ビル群が見え始めました。車が市街地に入りました。南昌峰起を記念する施設や、名称に「八一」を冠した広場、公園もあります。江西省は革命戦争で最も多くの犠牲者を出したそうで、革命烈士記念堂には犠牲者二十四万人の名簿が納められていると聞きました。

　自らの心の古傷よりも、革命の方へ私の意識が向けられていたことは、矛盾したようですが幸いでした。江西省青連で女性の主席を表敬訪問したのち、スケジュールの詰めを打ち合わせました。各方面と連絡をとってもらった結果、私の描いていた予定はかなり変わりました。

私にとって旅の重点は三つありました。思い出の南昌に悔いを残さないこと。九江―南昌間の行軍の跡を、こんどは列車で確認したいこと。悪夢の鄱陽湖を〝正気〟で渡りたいこと――でした。ところが、旅の趣旨を知らされていない現地の関係者は、廬山の観光を柱にし、南昌は一泊で十分と言っています。

「秋山先生、廬山はやはり見逃せません。頂上のホテルで一泊して、思い残すことのないようにした方がよいと思います。南昌の街は朝から見て回ることにしましょう」

通訳氏の取りなしで私も了解し、旅の予定は決着をみました。第一夜の南昌泊を取りやめ、九江まで車を走らせて、そこで一泊。翌日は廬山の頂きで泊まって観光。鄱陽湖にも時間の許すかぎり滞在してから、南昌に戻ることになりました。陶磁器の町として有名な景徳鎮へは回り道になりますし、今回の旅の目的から、立ち寄る余裕がありませんでした。

中国旅行をすると分かりますが、スケジュールもホテルも、詳細は日本を出発する前には確定していないことが多いようです。それぞれの現地に着いてみて、その地での行動日程を知ることになります。広大な国土に通信ネットワークが完備しておらず、電話による手配には限度があるということのようでした。もっとも、その方が逆に楽しみが多く、ハプニングもあり得ると思えば、こういう旅も捨てがたいところがあります。
現地のガイドにとって、訪問客に最高の観光をしてもらうのが自分たちの喜びでもあるわけで、中国の旅でそのことを強く感じさせられます。こんどの場合、私ひとりのために温かく旅を共にしてくれるのは、実際ありがたいことでした。

まだほんの一部しかのぞいていない南昌の街は、すべてを最後に回し、それまでお預けのかたちになりましたが、なかでも私にとって、悪い思い出ながら、思い出には違いない兵営の跡、そして日本軍のいない街と生気あふれる市民の姿を見届けたいという一念は、決して心から離れません。大きな宿題を先延ばしして、私はドライブ旅行に出ることになりました。

踏切で行軍の足音

南昌は、大小の河川や湖水を擁しているので、橋は数知れません。最も大きいのは「八一大橋」。例の南昌峰起を記念した橋です。車はそれを渡って九江へと向かうところです。当時、私たちの部隊が九江から行軍のすえ、南昌の市街に入る直前に渡った「長大な橋」が、この八一大橋だったに違いありません。疲労の果て、黙々と渡ったあの橋の下に、流れのあるのに目をやるゆとりもなかったのが思い出されます。

いま、八一大橋を渡りましたが「南昌」の地名はまだ続きます。車は「南潯公路《なんじんこうろ》」をひた走りに走っています。「南」は南昌、「潯」は九江のことです。九江は昔「潯陽」といったそうです。

幹線道路とはいっても、いわば田舎道です。自動車専用の高速道路とはわけが違いますから、くたびれたトラックや荷車とすれ違ったり、追い越したり……。雨の南潯公路は風情がありました。見渡すかぎり水田の間を走ると、はるか人家もないところを、みの・かさ姿の農夫がトボトボとやって来ます。歩くことがこの人たちの生活のかなりの部分を占めているなと思います。すると、この私自身もかつて九江から南昌まで歩き通したことが思い出されました。

昔懐かしい水牛の姿。道路沿いで草を食べさせている農民のなかには、幼い少女も見かけます。自然とともにある子どもたち。豚が数匹、道路を横切って行きました。突っ走る一方だった運転手君も、さすがにスピードを落として道を譲ります。あの当時見た豚は黒かったのを思い出しました。豚には白も黒もいるのです。

道路の両側に楊《やなぎ》や白樺《しらかば》並木が見えてきました。雨に濡れた木々のトンネルをくぐるときも、車はスピードを落としません。小枝をかすめる音が、半開きの窓越しに聞こえます。

「向こうに廬山が見えますよ」

通訳氏が教えてくれました。はるか前方に姿を現し始めたのです。行軍のときの経験からも、地図上でも、まだ廬山は近づこうとしません。あのときは、目を凝らすこともできず、視線を山の方へ動かした程度でしたから、きょうは山容をじっくりと眺めたい心境です。それに、あすは廬山の山頂で過ごすのです。

山にうつつを抜かしていたころ、通訳氏が低く叫びました。

「秋山先生、あそこに鉄道が通っているようですよ。……ほら、やっぱり鉄道です。九江から南昌の方へ行く鉄道です。線路を渡る手前で車を止めましょうか」

「お、お願いします！」

私は、通訳氏が私の願いを理解してくれていることに感謝するとともに、線路と枕木に胸を締めつけられました。雨は小降りですが、運転手君も含め四人とも車を降りて、カメラのシャッターを切り始めました。踏切が遮断されていないのをよいことに、私は単線の線路上に立ちつくしました。あのとき、左手の九江方向から歩いて来て、レールも枕木もなかったけれど、まさにここを重装備で一歩ずつ踏んで行ったのです。右手、南昌の方面にも目をやりましたが、カーブの先は想像するだけです。

長い隊列のなかの一人として黙々と歩いた自分。いま、その足音を聞きながら迎え、そして見送っている私。これが同じ一人の私だったのでしょうか。四十六年間という時間を取り払った瞬間の不思議な体験。夢というほかはありません。

幹線道路が鉄道と交差した向こう側は、立派な街になっていました。「徳安」という地名が目に入りました。当時も主要駅らしい「徳安」という駅名が、プラットホームの痕跡と思える小高い所にあった記憶が、はっきりとよみがえります。そのプラットホームは、いま踏切の近辺には見当たりませんが、もともとずれた場所にあったのか、戦後に移設されたものかは分かりませんでした。

徳安とは懐かしい地名でした。九江—南昌の中間点として一番大きな街だということを、その後に知りました。行軍の途中、徳安で宿営したことが思い出されます。当然、駐屯部隊がいたはずですから、私たちは通過部隊として一宿一飯、あるいはそれ以上の恩義を受けたことは確かです。

破壊は易《やす》く、建設は難《かた》い……。単線のレールを見つめながら、これは中国人の手で再建されたものであることに思い至りました。

「先生、ぼつぼつ出発しましょうか」

すでに車内に戻っている二人の意向でしょう。事情を知る通訳氏がせかされたかたちです。私は、はっとして車に戻り、この旅の大きな〝ヤマ場〟をあとにしました。

46年前の行軍の跡
当時、日本軍により引きはがされていた鉄道は復旧。
手前・南昌方面から霧の九江へ。南潯公路（左・南昌→右・九江）とは手前で交差。踏切付近に立つのは筆者。
（平成３年５月撮影）

しばらく沈黙が続きました。私は追憶を再開しています。日本軍から〃足〃を取られ、行軍を余儀なくされた私たちも被害者だったかもしれませんが、中国人の受けた被害や心の痛手は、この鉄道ひとつとっても計り知れません。

私に関していえば、あの行軍のすえ南昌に到着して、右肩に変調を来し挙手の礼もできなかったことが思い出されます。徳安のあたりを歩いていたころは、右肩に何の兆候もありませんでした。疲労困憊《こんぱい》は気力で補っていました。

いま、目に見える後遺症はありませんが、荷物は左手に持つように習慣づけられ、右手に持ち換えても短時間でまた左へ戻っています。通勤時のバッグ類も左手優先です。利き腕は右ですが、その右腕を自然にかばっているのです。

ほんの余技に、私はマンドリンをいじっていますが、ピック（べっこうのツメ）で弦をはじいている右手が、いつの間にか右のほうへ下がっています。ため息まじりに定位置へ戻しますが、たまたま妻に指摘されても私は「どうしたんだろう。悪い癖がまた出た」と言ってのけます。私の右肩に潜んだままの〃戦争の傷跡〃なのです。

雨は小止みになりました。煙っていた廬山が、いつの間にか姿を現していました。車の走る道路の左手です。そのとき私は、奇妙な感覚にとらわれました。あの行軍のとき、もうろうとしていた目にも、廬山が左手に見えたことは確かです。いま私は逆方向に走っているのですから、山は右手になければなりません。〝キツネにつままれた〟とはこのことでしょう。ふと思いがさきほどの踏切に戻ると、一転してナゾは解けました。そうか、行軍をした線路跡とは相当懸け離れた幹線道路上を、廬山を挟んだかたちで走っているのだ。私は自問自答を胸のうちに収めたまま、苦笑と感慨とを禁じ得ませんでした。

「廬山は、いま下から眺めていますが、あすは頂上で一泊します」

私はいま廬山で頭がいっぱいなのを、通訳氏に見透かされたようです。

夕刻、きょうの終着地・九江に着きました。あの当時、揚子江をさかのぼった海防艦が、私たちを降ろした直後に米軍機の餌食となり、部隊はそのまま長い行軍に踏み出しましたが、あの港町こそ私の記憶のなかの九江でした。揚子江と鄱陽湖との連結点にありますから、いまの九江は水陸交通の要衝として商業都市であり、化学工業地帯でもあります。

ところで、あの海防艦を沈めたのは、私たちが日本を離れてからはじめて目撃した米軍機の攻撃でした。その後も米軍機に襲われた経験は幾たびかありましたが、日本の国土にいながらにして空襲にさらされた一般国民に比べれば、物の数ではありません。

〃もうこれまで〃と私が観念した経験の一つに、こんなことがありました。すでに米軍機が中国大陸に跳梁《ちょうりょう》していたころ、南昌の部隊が襲来を受けました。あらかじめ掘られてあった〃タコツボ〃に一人ずつ避難し、見上げても迎撃する側の機影はありません。手にした小銃や機関銃で迎え撃つというのは、竹ヤリと五十歩百歩です。〃わが空はわが空ならず……〃とは、戦後を待つまでもない状況でした。

突如、耳元で機銃掃射の音がしました。見上げた私の目に、米軍機の機首と尾翼が完全に重なって映りました。急降下した機から私個人が狙われたのです。私は体を縮めて、狭い穴の底に一つの塊となり、弾丸が背中を貫くのを待ちました。

時間の経過は分かりませんが、警報は解除になりました。私の兵器はほうり出されていました。〃タコツボ〃の周囲に銃弾が数発ころがっているのを発見した私は、死んでいなかったことを夢かと疑い、ついで、奇跡的に助かったことを実感しました。全員が地上に出たとき、階級の別なく、驚きを語り合いました。

っていました。

「急降下してきたから、操縦士がよく見えたよ」
「機首と尾翼が一つになったら、おしまいさ。いやあ、助かった」
この私が狙われたのであることを、証拠の銃弾で確認すると、声を発する者はなくなりました。

あれから四十六年目の九江。私は、はじめてこの地のホテルで一夜を過ごすことになりました。

レストランから望む甘棠湖《かんとうこ》には、亭、つまり中国風あずまやが浮かび、湖水に映る廬山の姿は見事です。ガイド役を務めてくれるのは九江地区の幹部で、廬山と鄱陽湖に同行してくれることになっています。夕食会でガイド氏が丹念に書き記していた一枚の紙片を、食後私の席まで持ってきてくれました。「菜単《ツアイタン》」とあります。メニューのことです。私が賞味した料理のメニューを書いてくれたのでした。書家かと見紛う巧みな文字には感心するばかりですが、簡体字の混じる単語は私の理解を越えます。早速通訳氏が日本語で説明してくれました。「謝謝」。ガイド氏の厚意に握手でこたえ、私は記念として胸の内ポケット深くしまいました。それは次のようなものでした。

☆酒・しょうゆ・酢による鶏料理
☆ウナギの千切りいためもの
☆鮮貝
☆イカのいためもの
☆コイの煮込み
☆特産の草魚（コイの一種）のぶつ切り
☆キノコと白菜
☆白キクラゲとミカンのスープ
☆水ぎょうざ

帰《かえ》りなんいざ、田園将《でんえんまさ》に蕪《あ》れなんとす、胡《なん》ぞ帰《かえ》らざる

有名な「帰去来の辞」の冒頭ですが、作者、陶淵明《とうえんめい》（陶潜《とうせん》、三六五〜四二七）は九江ゆかりの詩人です。六朝《りくちょう》時代の東晋《とうしん》の人。「田園」とは陶淵明の郷里、九江地区柴桑《さいそう》のことで、廬山の西ふもとにあると物の本にあります。ただ古い地名らしく、中国の権威あ

る詳細地図にもその地名は見当たりません。

この詩は四十一歳の作で、十三年間の役人生活を捨てて故郷へ帰った心境を吐露したもの。前半は、その解放感を秋の情景のなかに描き、後半は、春の田園で迫りくる老いを天命に任せる心境が淡々と述べられています。悪性マラリアのため病没した、とあります。

思わぬ廬山山頂の夜

悪夢の大行軍の出発点だった九江で一夜を過ごすと、私たちの車は五人乗りで廬山へ向かいました。きょうのスケジュールは充実していますから、出発は早朝です。ホテルを出る前に、通訳氏から丁重な釈明がありました。

「先生、九江から南昌までの列車の旅は、あらためて手を尽くしましたがダメでした。軟座車（座席の軟らかい一等車）が満席で、キャンセルもないのです。廬山にぜひ一泊してください。鄱陽湖は遊覧船というほどではありませんが、あす湖の一部を渡ります」

私には異論などありません。

きのう、南潯公路を走ったさい、鉄道の踏切で深い思い出に浸ったからです。行軍している私自身の姿と足音、それに再建された鉄道は、胸に刻み込んで忘れられません。

これが列車に乗っていたとしたら、窓外の風景は見えても、単線のレールは見たくても見られないわけでした。鄱陽湖の方も、この目で確かめたうえで、カメラに収めることができれば、それでよいのです。

さて廬山は、九江から南へ三十六キロ。線路の跡を行軍しながら、うつろな目で仰いだ、あの名山です。山へ向かった車が平地を脱して登りにかかると、つづら折りは三百カーブといわれ、路肩のガードレールはコンクリート製で堅固そのもの。道路がカーブする近辺の岩壁には「安全注意」「鳴」などと、ペンキで大書してあります。「鳴」とは「クラクションを鳴らせ」ということでしょう。

峰々が連なるなかで主峰は海抜一、四七四メートルの漢陽峰ですが〝廬山九十九峰〟と呼ばれる一、〇〇〇メートル級の峰々が、そびえ立っており、とうとう車が登り詰めると、私たちの前には人口一万四千といわれる街がありました。山の頂上が台地状で、ホテル、商店、劇場、学校、動・植物園から医療施設までそろい、生活はこの地で事足りるのだそうです。周囲の下界を見下ろさなければ、これは立派な地上の楽園でした。ただ、時間の経過につれて、静けさの原因の一つに気がつきました。この国の大衆的乗り物である自転車がご法度で、一台も走っていないのです。

夏の平均気温が二二・二度で、平地より一〇度低いといいますから、日本でいえば軽井沢のような避暑地です。山頂にそんな世界があろうとは……。下界からは想像できませんし、まして行軍していたときの私にとっては、〝名のある山〟に過ぎませんでした。一体、戦時中の山頂はどんな姿だったのでしょう。旧日本軍が占領したことを知ってしまった現在、戦争のむなしさに対し怒りが募るばかりです。

廬山《ろざん》の五老峰《ごろうほう》を望《のぞ》む

李《り》 白《はく》

廬山東南《ろざんとうなん》の五老峰《ごろうほう》
青天《せいてん》削《けず》り出《いだ》す金芙蓉《きんふよう》
九江《きゅうこう》の秀色《しゅうしょく》攬結《らんけつ》す可《べ》し
吾将《われまさ》に此《こ》の地《ち》にて雲松《うんしょう》に巣《すく》わんとす

廬山の名峰とされる五老峰
5人の老人が並ぶ姿を思わせる山容は、廬山99峰の中でもひときわ美しく険しいので唐詩などにも登場。老人の姿勢はご想像のほどを。
(北京・人民中国出版社提供)

香炉峰下《こうろほうか》新《あら》たに山居《さんきょ》を卜《ぼく》し
草堂《そうどう》初《はじ》めて成《な》り偶《たまたま》東壁《とうへき》に題《だい》す

白楽天《はくらくてん》

日《ひ》高《たか》く睡《ねむ》り足《た》りて猶《なお》起《お》くるに慵《ものう》し
小閣《しょうかく》に衾《しとね》を重《かさ》ねて寒《さむ》さを怕《おそ》れず
遺愛寺《いあいじ》の鐘《かね》は枕《まくら》を欹《そばだ》てて聴《き》き
香炉峰《こうろほう》の雪《ゆき》は簾《みす》を撥《は》ねて看《み》る
匡廬《きょうろ》は便《すなわ》ち是《こ》れ名《な》を逃《のが》るるの地《ち》
司馬《しば》は仍《なお》老《お》いを送《おく》るの官《かん》為《た》り
心《こころ》 泰《やす》く見《み》寧《やす》きは是《こ》れ帰《き》する処《ところ》
故郷《こきょう》 何《なん》ぞ独《ひと》り長《ちょう》 安《あん》にのみ在《あ》らんや

唐の詩人、李白（李太白《りたいはく》、七〇一～七六二）と白楽天（白居易《はくきょい》、七七二～八四六）とが、それぞれ山麓《さんろく》にいおりを結んで詩を詠んだ五老峰と香炉峰とは、廬山のなかでも名峰といわれています。五老峰は、五人の老人が肩を並べるような山容をして険しく、香炉峰の方は、香炉に似た姿をし、清少納言が「枕草子」にその詩を引いています。廬山には古来、文学者や名僧の来遊も多かっただけに、古寺・旧跡は数知れません。

北に揚子江、東南に鄱陽湖を望めるはずですが、たなびく霞《かすみ》にこれらが消された風情は南画そのものです。足元の渓谷、奇岩、滝などの名勝は、世俗を忘れ、われをも忘れさせました。廬山は雨が多いことも手伝って一大植物園を形成しているようで、興趣が尽きません。

夕刻、支配人に迎えられてホテルに入ります。冷えてきました。山頂のホテルは、さらに長い階段の上にありますから、あたりを圧する感があります。

廬山だけのガイド役を務めていてくれる地元の青年二人を加え、七人の夕食会が始まりました。菜単（メニュー）を中国名のまま紹介すると、次のようになります。ただし簡体字は日本の文字に置き替えました。

☆一声雷
☆汽鍋鶏（汽鍋は蒸しもの）
☆黄燜鳳爪（ダックの水かきの空揚げ煮）

☆炒鶏丁（丁は、さいの目）
☆爆辣椒（辣椒はトウガラシ）
☆青椒牛肉糸（青椒はピーマン、糸は千切り）
☆油淋白菜（油淋は、たれ）
☆鶏蓉（蓉は卵料理）
☆三鮮湯（三種の肉入りスープ）

最初の「一声雷」は、意外性を秘めた料理だと予告されましたが、雷鳴がとどろいたかと思わせる大音響に度肝を抜かれました。中国料理で「爆」の字のついたものは、強火の油でさっといためた料理ですが、「一声雷」はケタ外れでした。おかげで料理の中身まで記憶から吹き飛んでしまいました。東京の中華料理店で、たまたま同じような音響を立てる料理に出くわし、店の説明を聞いて納得しました。炊いたモチ米を高温の油でいためて焦げ目をつけ、あんかけするとき大音響を出すのだということでした。俗に「おこげ料理」といっているそうで、「一声雷」というのは、廬山のあのレストラン特有のネーミングだったのかもしれません。

宴を終えると、夜の廬山を歩くことに一決しました。朝から車の旅が続いているからです。一同は、二時間の林間漫歩としゃれ込みました。山の頂上は暮れなずんでいます。だらだら坂の不規則な石畳を一列になって上ります。因幡《いなば》の白ウサギよろしく伝い歩くと足早になります。

七人のうち、日中両国語を話せるのは通訳氏ひとりですが、互いに打ち解けて林間の一本道を進みます。〝踊り場〟状の地点で、だれいうとなく歩を止めました。輪をつくると、一人の青年が歌い始めました。二人目が続き、〝このさい上手・下手は問題外〟と思っていると、通訳氏から案の定リクエストを受けました。

「秋山先生、お願いします。『北国の春』はいかがですか」

中国でも歌われている人気の曲のようです。私が歌い終わると、〝本命〟らしい青年が登場しました。中青連の仕事は大事だけれど、この人は歌手、いやオペラ歌手として東京のステージで立派に通る、と私は感動して聞きほれました。中国人同士でも一目おいていることがよく分かりました。

私は、国籍も年齢もひとり飛び離れていることをすっかり忘れて、心の通じ合いのなかに浸っていました。そして「日中友好」はスローガンではないことを実感していました。

月が中天に懸かっていました。海を隔てた日本をも皓々《こうこう》と照らしているに違いありません。

山頂のホテルで暖かい夜を過ごした私たちは、五人で廬山を下りることになりました。政治会議の舞台となり、文学の題材、信仰の霊場であり続け、また戦争の洗礼も受け、いま観光の旅人を迎える廬山。思い出を残して、きのう来た坂道を下ると、岩壁に「一路平安」とペンキで大書してあります。四字に込められた心配りが、私の胸を強く打ちました。

車は山ふところを縫い、振り返るといつの間にか、ふもとを離れています。廬山は、諸峰がそびえており、見る方向が変わるたびに山容も変わります。一体どれが本当の姿なのでしょう。

西林《さいりん》の壁《かべ》に題《だい》す

蘇《そ》東坡《とうば》

横《よこ》に看《み》れば嶺《れい》を成《な》し側《そく》には峰《ほう》を成《な》す
遠近高低一《えんきんこうていいつ》も同《おな》じきは無《な》し
廬山《ろざん》の真面目《しんめんぼく》を識《し》らざるは
只《た》だ身《み》の此《こ》の山中《さんちゅう》に在《あ》るに縁《よ》る

宋の詩人、蘇東坡（蘇軾《そしょく》、一〇三六〜一一〇一）の詩句から、きわめて複雑雄大で計り知れない真相を「廬山の真面目」といいます。

鄱陽湖の悪夢どこへ

さきほどまで頂上にいて廬山の人になりきっていた私は、いま変わり行く山容を眺めながら、九江へ向かって引き返しています。きのうの旅の終着点の手前を、鄱陽湖へと回り込みます。同じ九江市内です。

見るのも恐ろしい鄱陽湖。それでも早く見たい鄱陽湖。南昌で敗戦を知らされて間もなく、炎天下の湖上をマラリアにさいなまれながら、九江の病院までの三日間に耐えた苦い思い出が、私の目の前によみがえります。あのときはイカダのへりから「水」を見ただけでした。こんどの旅は「湖」を見届けるのが悲願です。それにしても、私の強いこだわりと願いを、とうとう果たしてくれた通訳氏の調整に心から感謝しないではいられません。

「新港」という表示板があって、新しい港湾が構築されています。突如、鉄の扉で道路が遮断され、人々と自転車が群がっています。血気盛んな運転手君は、何やら守衛と掛け合っています。結局、私たちの車一台が通され、再び扉が閉ざされると、羨望《せんぼう》ともあきらめともつかないまなざしが、私たちの車を見送りました。群衆には気の毒でしたが、運転手君が渡し船の乗船券を持っていたに違いないと私は考えました。

淡水湖として中国最大といわれる湖面のほんの一部が目の前に広がりました。鄱陽湖が揚子江に合流するあたりに近く、黄色い濁水が湖水に混じろうとしています。私の抱いてきたイメージとはかなり食い違っていますが、深い思い入れのある私は、四十六年間の隔たりを取りのけるのに必死です。例のイカダを乗り捨てたのは、どうやらこの辺だったかと思われてきます。夢中でシャッターを押し続ける私。なんの変哲もない景色なのにと、船待ちらしい中国人は思っているでしょう。

「渡し船が出ます。先生、急ぎましょう」

通訳氏に促されて二百メートルばかり〝全力疾走〟です。渡し船といっても、トラックの間に人間を混載して、湖のくびれた部分を三、四キロの対岸へ運んでくれる〝運搬手段〟です。

鄱陽湖は淡水魚の宝庫ですから、対岸の町、湖口のレストランでの昼食会は盛大でした。湖でとれる魚の数々、日本では見られない珍味が次々と大皿にのって円卓に並びます。大皿の数で二十数種類。〝食べ残すことは悪徳〟という古い世代の日本人の感覚では、とても太刀打ちできません。郷に入っては郷に従うのが旅のエチケットです。大酒との縁を絶って三年半になる私に、ここでも郷に従うときが来ました。私の杯に酒が満たされました。

「カンペイ！」

音頭の主、地元・湖口県の幹部は、一気に飲み干し、杯を逆さにして振っています。乾杯攻めに応じながらも、私は料理を賞味し、胃壁に油を塗る作業を怠りません。

通訳氏もアルコール入りで、仲間たちとの歓談に余念がありません。それらの会話は、私にとってチンプンカンプンですが、ふと感じるところがありました。中国語には、フランス語と似た滑らかさ、ソフトさがあります。大部屋いっぱいに響くおしゃべりは、音として聞いていると音楽のようです。陶然としながら〝音楽〟を聞くのは最高の気分でした。

果てしなく続くかと思われた昼食会は、最後の乾杯でお開きになりました。

胃袋が満たされると、運動して発散したくなります。他国の見知らぬ土地にいても、それは歩くことと、しゃべることでした。通訳氏は多忙を極めることになりますが、だべりながら街路を歩くことが和やかさを倍加しました。食べ物の話はもうたくさんのはずなのに、話題はいま食べた〝味〟についてであり、ついで中国料理一般に及びました。仕掛けるのは、つまり質問するのは必ず私の方でしたが……。

一口に中国料理といっても、広大な国土ですから気候・風土により、千種類以上もあるという話を、散策しながら聞いて驚きました。仮に毎晩違う料理を食べるとして、同じ料理にお目にかかるのは三年目ということになります。

念のため帰国後に調べたら、中国料理は八千種類とありました。これによれば同じ料理は二十数年に一度という計算になります。料理の材料は六百種類、調理方法も焼き方、煮方、いため方などの基本的なものだけで四十八通り――とありますから、にわかには信じ難くなります。ただ、日本料理が材料のナマの味を生かすのに対し、中国料理は、加工によって材料の持ち味を極力引き出そうとしています。その辺に、おびただしい調理法の変化のナゾがあるのでしょう。

湖口での料理ばなしはまだ続きます。中国では、有り余る料理で客をもてなします。日本では「つまらないものですが……」と遠慮がちに客にすすめ、余さないことを理想としているかのようです。中国の人たちに料理を褒めると「おいしいでしょう!」と、きっと言います。日本人とは大違いです。これは、心からの歓待を言葉に表しているのです。――

すっかり訳知りになりながら歩を進めていると、石鐘山《せきしょうざん》という名勝に案内されました。小ぢんまりした岩山ですが、見どころは多く、歴史のある建造物などには陶淵明や蘇東坡ゆかりのものが目立ちます。

岩山の果てまで階段を伝って下りると、湖畔でした。思い出などあるわけもない光景が目の前に広がっています。悪夢の鄱陽湖に、渡しの小舟がぽつんと浮いています。対岸には九江市がうっすらと見えます。そして湖の右手は揚子江に合流しています。

岩山のふもとに深淵《しんえん》があって、風で波が岩にぶつかると、鐘のような音がするので「石鐘山」の名があると説明されました。高くて険しく、江湖を押さえているので、古くから攻防の焦点となり、守るにもよい要塞《ようさい》だった――と聞くと、日中戦争下の湖口は? 石鐘山は? という、あらぬ不安が胸をつきます。このことについては、帰国後の調べによって、日本軍の占領下にあったことを知り、やり切れない気持ちになりました。

イメージになかった鄱陽湖

湖畔の名勝・石鐘山の一角（左）から望む鄱陽湖。漫々たる湖面は左へ大きく広がり、この国最大の淡水湖とされている。小船が悠々とゆくその右は揚子江へ。　(平成3年5月筆者撮影)

漫々たる湖面をカメラに収めました。酒と山水。往昔《おうせき》からの詩人来遊の地に別れを告げ、再び渡し船で九江の船着き場へ戻ります。イメージはちがったけれど、鄱陽湖を渡ったことは、思わぬ収穫となりました。

鄱陽湖について付言しますと、この湖には贛江《かんこう》、修水《しゅうすい》、鄱江《はこう》、信江《しんこう》、撫河《ぶか》その他多数の河川が注いでおり、北部の湖口を経て揚子江につながっています。また、大小無数の湖沼の集合体で、鄱陽湖の名で一括しています。湖岸の入り組んだ複雑さは、詳細な地図を見ると奇々怪々でさえあります。そもそも大盆地に水がたまってできた湖といいますが、河川の流し込む泥の堆積《たいせき》のいたずらで、三、九七六平方キロの面積（ほぼ滋賀県に相当）は、かつて中国最大だった洞庭湖をしのいでおり、洪水期には五、〇五〇平方キロに達するという話です。鄱陽湖は沃野《よくや》のなかに位置しており、水運と灌漑《かんがい》の便に恵まれているうえ、淡水魚の養殖など水産物も豊富なことは前に触れた通りです。

鄱陽の旧遊《きゅうゆう》を憶《おも》う

顧况《こきょう》

悠悠《ゆうゆう》たり南国《なんごく》の思《おも》い
夜江南《よるこうなん》に向《おい》て泊《はく》す
楚客断腸《そかくだんちょう》の時《とき》
月明《つきあき》らかにして楓子《ふうし》落《お》つ

顧況（七二七〜八一五）は唐の詩人。蘇州の人ですが、官職への不満から高官をあざける詩を作って、江西省の饒州《じょうしゅう》に左遷され、晩年は隠者として長寿を全うしました。なお「悠悠」は愁え悩むさま。「楓子」は楓《ふう》の実で、カエデとは別種です。

鄱陽湖に別れを告げると、車は南昌を出発したときの四人を乗せて復路につきました。連日の自動車の旅の間、私は考え続けていました。戦争末期には、列車と船と自分のこの脚によって南昌まで来た私が、今回の旅では、飛行機と自動車がほとんどすべてです。移動手段の変化には隔世の感がありますが、旅そのものは道路と切り離せません。そういえば戦時には、南潯公路も日本軍進撃のルートになっています。

車がその南潯公路に出ると、二日前に来た道を南昌へ向けてひた走りました。廬山は、かすんで見え隠れしています。下界からは、あの項上に人間生活の場があるとは、とても思えません。

鉄道と交差する例の踏切の手前、徳安の町は、夕刻とあってにぎやかでした。踏切では、往路に納得のゆくまで昔をしのんだし、カメラにも収めましたから、未練を残さないために、むしろ目をつむって通り過ぎたいくらいの心境です。

運転手君は若さに任せ、まる三日間ハンドルを握り通しです。まだあすもあるのです。南昌へと急いでいますから、ほかの車を追い越す一方です。時間帯からか、すれ違う車は数少ないようです。それを思えば、あの行軍は幹線道路とは別の鉄道跡でしたから、人とすれ違うことの全くないのは当然だったわけです。

突然、目の前を進撃する日本軍の機甲部隊とそれに続く歩兵部隊のイメージが浮かび、そして消えました。夕やみのとばりが下りています。ぼつぼつ南昌の郊外に近づいたと見え、まばらな民家に淡い灯がともっています。平和な火ともしごろ、それぞれの生活があるのです。

さきほどから、運転席のテープが中国の歌謡を流しています。一曲だけ、聞いたことのあるメロディーがありました。何節目かに、それが日本の「大阪しぐれ」とそっくりであることに気がつきました。終わりの部分が違っているだけです。珍しいことがあるものです。私のリクエストにこたえて何回か聞かせてくれました。どちらかが〝焼き直し〟に違いありませんが、このさい取り立てて考える必要はありません。私は〝中国人の大阪しぐれ〟として、聞きほれました。

そういえば「卡拉ＯＫ」と書かれた看板を廬山の頂上あたりで見ました。「カラオケ」が大流行で、中国語化しているのです。「卡」の音は「カ」で、押さえる意。「拉」は「ラ」で引くことです。奇抜な表現に感心したことが思い出されました。

通訳氏も一緒にテープを聞いています。ホテルが別室であることを除けば、彼は旅行中いつも行動を共にしてくれています。原選手が隣にいるように錯覚するほど〝感じ〟の似ていることが、私の旅をどれくらいリラックスさせてくれたか分かりません。

「八一大橋」が見えて来ました。あれを渡れば、南昌の市街です。

あの南昌も変わった

「八一大橋」を渡って南昌の市街地に入ると、私は急に緊張感を覚えました。といっても、あの行軍のすえ南昌市街に入ったときの緊張とは、全く別のものでした。四十六年目の回想の旅は、いよいよ大詰めに来たのです。あの当時の南昌のイメージ、できれば悪夢の兵営跡、それに対しいまの平和な南昌の人々や街の姿を、この目で引き比べ、しっかりと確かめたい一心です。南昌空港に着いた日は、雨の街を垣間見ただけでしたから、きょうこそは、私が半世紀近くの間ひそかに抱き続けてきた夢を果たすべき日でした。

日本の軍隊が一兵もいない街、人口一二九万（中国統計年鑑一九八九年版）の平和な南昌は、ご多分にもれず自転車天国でした。日本軍が制圧していたゴーストタウンに、市民の笑顔とにぎわいが戻り、発展のエネルギーが目に見えるようでした。日本軍の、そして日本の犯した大罪、あれは一体なんだったのでしょうか。政治家が謝罪しても済まない、重い問題に間違いありません。

私たちが当時いた兵舎は、蔣介石の別荘跡と、当時聞かされましたが、信頼できる説明であったのかどうか。仮にそうであったとしても、いまそのままの形と名で残っているとも思われません。旅行案内の地図には、朱徳の旧居や軍官教育団跡、その他革命記念の施設の名が至るところにあります。

私が東京で抽象的に考えていた南昌と、現地を踏んで見た南昌とでは、あまりに違い過ぎて、とらえどころがないほどです。記憶に鮮やかに残る兵営のレンガ塀と門を、走る車窓から夢中で探す私の目に、それらしくもある建造物が一瞬止まりました。けれど運転手君は私の旅を単なる観光旅行と思っているようですから、ホテルへと急ぐばかりで、車を道路の端に寄せて走るような配慮がないのは当然です。それらしくもあるレンガ塀の建造物は、他の車に遮られて一瞬のうちに通り過ぎてしまいました。

〝逃がした魚は大きい〟といいますが、納得するまで確認できなかったとなると、それらしく思え、次第に「それに違いない」となってきます。いきさつを通訳氏に打ち明けると「あすの朝、歩いてゆっくり確認しましょう。大丈夫です」という明快な答えが返ってきて、私は天にも昇る思いで、あすの朝が待ち遠しくなりました。

ホテルに着いて、部屋でひとりになると、つくづく思うことがありました。きょう見たのは、日が落ちてからの街路でしたが、私の頭のなかに南昌の街の地図というものが、全くといってよいほど、ないということです。忘れてしまったのではありません。軍隊にいて、地図というものを決して与えられませんでした。自分の現在位置を知らせられないという鉄則は、松本を出発し「某地」へ向かって以来のものだったのです。だから、敗戦後に焼かれたり、取り上げられたりした資料類のなかにも、地図というものはありませんでした。私はいま、幻の南昌にすがりながら、現存する南昌と対面しているのでした。

それでもあの当時、市街を部分的に見るチャンスがないわけではありませんでした。演習やマラソンの行き帰りを除けば「これが外出だ」といえる外出を経験したことが一度だけありました。

「あすは、はじめての外出をする。隊列を組んで規則正しく行進しろ。饅頭《マントー》を食わせてやる。終わったら、また隊列を組んで帰ってくる。いいな!」

当日になりました。行動の自由のない外出が楽しかろうはずはありません。それでも兵営の外に出られることは、気分の転換にはなるようでした。首輪に鎖をつけられた犬の散歩になぞらえては、われながら哀れを催しますが……。営門を出て二キロ行進すると、号令一下、饅頭屋の前で隊列が停止したのには驚きました。食べ終われば、再び整然と復路の行進です。帰りはせめて別の道をと、初年兵は考えますが、往復とも同じ道ということは、市内見物はさせない方針のようです。兵営に帰り着いて、はじめて「外出」は完了したことになります。

内務班に幸い古兵のいないことを確かめると、早速「外出」に話題が集まります。むろん、ひそひそ声です。

「饅頭食いに外出とはあきれたな」

「まだ食えただけよかったよ」

「銃を持たないのは、気楽だったな」

「予告なしが一つだけあった。日本人のオバサンが店をやってたけど、久し振りに日本の女を見たぜ」

一同、同感に違いありません。引率の下士官にしてみれば、なじみのオバサンに〃連れてきたぞ〟と内心得意だったことでしょう。

ところが目ざとい男もいればいるもので、古兵たちがいま内務班にいないのには訳があるというのです。

「知ってるか。古兵たち、帰りは一緒じゃなかったぞ。しけ込んだのさ。饅頭食いながら、ささやき合っていたんだ」

その〝しけ込み先〟は半世紀後に国際問題化している施設そのものです。

〝入営してから、性欲というものがまるでなくなったな〟――初年兵同士の話題が、古兵の件から自分自身に移ってきました。みんな、ハッとするほど同感でした。緊張のし通しですから、そっちの方が緊張などしている暇はないのです。

古兵たちは、いつの間にか帰隊しました。饅頭だけの初年兵に対し人情も遠慮もないところは、さすが古兵《ふるつわもの》でした。私たち初年兵は、その後ただの一度も外出には恵まれないまま、敗戦を迎えてしまいました。志操堅固な初年兵たちでした。

「外出」についての思い出話が長くなりましたが、街の地理を知らされなかったことが、いまの南昌訪問に尾を引いているからです。街の地理を知らない私は、自分のかつて居た所在が分からなくて、思案に暮れているのです。通訳氏がいるからまだいいようなものの、その通訳氏だって〝感じ〟だけで物を言っている私の説明には、閉口しているに違いありません。これが完全な独り旅だったら、どうなったことでしょう。言葉も通じないから、道さえ聞けません。〝迷子も楽し〟などとイキがってはいられないにきまっています。

この南昌は、漢の時代から開けた城下町だった、と聞いたことがあります。そのことを思い出したら、何の脈絡もなく、南京の城壁と城門を見た記憶がよみがえりました。南京は当時首都でした。旅は、日ごろ記憶の外にあったことまで、やたら思い起こさせてくれるようです。私は銃を担いで南昌へ来たとき、大陸を南下した列車の旅を南京で終え、そのまま揚子江上の海防艦に乗り込んだものとばかり思い込んでいましたが、南京市内を行進した様子が、部分的にしろ目に浮かんできました。その記憶が事実であった証拠に、城壁のあたりに「仁丹」の特大の広告が街を見下ろしているのを、はっきりと見ました。仁丹は中国製品かと錯覚しかけ、日本軍の占領下であることに思い至ったことまで、記憶のなかに出てきました。——話がそれて、商品のＰＲまでやり兼ねないことになってしまいました。

雑念が浮かんでは消え、消えては浮かんでいるとき、部屋のドアをノックする音がしました。通訳氏です。

「夕食に表へ出ましょう。その前に先生、お願いがあるのですが。あす朝食後にすぐ、青年企業家と懇談会をやってもらいたいのです。ぜひという申し入れなので、断れません。南昌の街の探訪は、懇談会を早く切り上げれば、間に合います。すみませんがお願いします」

企業家というのは、日本で言えば実業家といったところのようですが、社会経済体制が違うので、仕組みはよく分かりません。私にとって、懇談会は大歓迎です。この旅行中に、不特定多数の人との接触がほとんどなかったからです。問題は、そのあとの市内探訪の方です。大きな宿題を残したまま、時間切れが迫ってくるようで、不安になってきました。何分にも、あすは上海なのです。

それはそれとして、夕食会は四人だけで静かにやることになりました。レストランはホテルの外、勝手知らぬ市内の、いわば盛り場のようです。

中国料理は千種類以上といっても、こうも連日盛大な食卓が続いては、ほぼ食べ尽くしたかと思われます。通訳氏にメニューの説明をしてもらうと、どうしてどうして、新顔の料理がズラズラと並ぶように思われます。調理法が若干違っても一料理になるのでしょうが、正真正銘の新顔が出てきました。スッポンです。スッポン料理は、東京のどこかで食べていそうな気もしますが、箸をつけてみて、初体験・初味覚であることを確認しました。

この辺で、中国大陸での飲み水に触れないわけにはいきません。中国のホテルには各室に湯ざましや、お湯と中国茶のセットが用意されています。中国の水は鉱物性が強く、ナマで飲むとおなかをこわすからだそうです。〝そうです〟というのは、私自身が確認した経験がないからです。ホテルの配慮は旅行者にとって、ありがたいことですが、中国人もナマ水は飲まないようです。

南昌あたりは華中ですが、区分けによっては華南に入ることもあります。地勢上からも、夏の酷暑は話の外です。旧軍隊では、それでもナマ水を飲むことを厳禁されました。厳禁されると、なかには禁を犯したくなる者もいるとみえて、症状でナマ水を飲んだことがバレてしまいます。だから、下痢は病気のなかに入れてもらえず、演習も休めません。懲罰と逆療法の意味を込めて、野外を駆け足させられていました。

九江から南昌までの行軍中に、たまらずナマ水を飲んだ同僚がコレラ騒ぎを起こし、他人迷惑のすえ、置いて行かれた例もありました。現地の駐屯部隊に預けられ、回復後に後続部隊に合流することになっていたようですが……。ついでのことに、脳炎でおかしくなった男も、置いてきぼりを食いました。

私自身は、戦争末期からの滞在中も、歳月を経て二度にわたる中国旅行中も、ナマ水は飲んでいません。あのころの厳しい習慣が身についていたせいでしょうか、大陸ではナマ水を飲みたいという欲求も起こりません。

いずれにしても、日本にいて日常ナマ水を安心して飲めるということは幸せなことだと思っています。それは政治のおかげではない、自然の恵みですが……。

眠られぬ南昌の夜

ベッドに入りましたが、あすは江西省の旅を終えて上海、と思うと寝つかれません。旅の思い出に重なるように、四十六年前の出来事まで突然記憶によみがえります。私はいま南昌で寝ているのです。

松本で一緒に入営し、苦労を共にした仲間は、全員長野県に本籍をもっていました。ただ、私のように県外から来た者もいますが、大部分は長野県に住む人たちでした。なかでもY二等兵の存在は忘れられません。学歴もなく、農業ひとすじの正直者です。信州弁丸出しで、軽くどもるのが難といえば難でした。学科に弱く、しばしば古兵に小づかれていましたが、むしろ愛すべき男だと私は見ていました。

「Y二等兵！　お前の任務は何だ」

「は、はいっ！　ひゃ、百姓でありますっ！」

「バカ者、擲弾筒《てきだんとう》だろ！」

「は、はいっ！　商売は擲弾筒でありますっ」

「商売とは何だ、商売とは」

整列した一同は、笑いをこらえています。

「す、すみませんでした」

「悪くありました、と言え。悪くありました、と」

「わ、わ、悪くありました！」

顔の筋肉がいつも笑っているような、泣いているような、ということも手伝ってか、あんなに純粋な男が古兵たちから〝モサ公〟呼ばわりされていました。

〝モサ公〟というのは、むろん「猛者《もさ》」とは正反対で、語源は〝もさもさ〟だろうと考えました。それは、気が利かず動作の鈍いさまをいいます。一方で、権力をカサに着る手合いは、戦時や軍隊に限らず、どの世界にもいるようです。彼等に対する私の軽蔑《けいべつ》は一向に変わりません。愛すべきY氏は、田園に帰って幸せにやっているでしょうか。

朝鮮出身の仲間にも温厚、明朗で模範的な人が何人もいました。そういうなかの一人が、ある日突然姿を消しました。逃亡したのです。いいやつでしたから、ストレートには逃亡と結びつきませんでした。きっと、朝鮮民族としての自覚は胸の中にしっかりと畳み、それを偽ることができなかったのでしょう。

中国人に身をやつしていたには違いありませんが、あのまま朝鮮へ帰り着いたのかどうか。〝日本軍に捕まらなければよいが……〟と私は祈る気持ちでいました。けれど、私自身の気持ちを表に出すことなどはできませんでした。

彼は時間の経過とともに、うわさから遠ざかりました。いま北にいるか南にいるか、どちらにしても有為の人間でした。

バーン！　営舎のどこかで、なにかが衝突したような、破裂したような音がしました。なんだろう？　一同がいぶかりながらも度外視しようとしているとき、現場から帰った古兵が知らせました。

「手榴弾自殺だ！」

いまなら「手投げ弾」といった方が分かりよいでしょう。長さにして十二、三センチくらいの円筒型をした小型爆弾で、接近戦に使うのですが、素手で投げて数メートルしか飛ばなければ、かえって自分が死傷することになります。これを自殺に使うとは、管理の厳しさからいっても、虚をつかれた思いですが、手ごろな自殺用具ではあり得ました。

どこかカゲのある男でした。もう少し我慢すれば終戦だったのですが、〝そそっかしいやつ〟と一概にきめつけることはできません。

敗戦を知ってバルコニーから投身自殺した男もいました。戦争の本質を深く考えていたと思われる豪傑風のインテリでしたが、その彼がなぜ、という疑問はまだ解けません。生きていたら多分付き合っていたろうと思われる男でしたが、いずれにしても、戦争と軍隊の犠牲者の一人でした。

思い出に残るものがもう一つだけ、眠られぬ私の脳裏に浮かびました。入営から復員まで肌身離さず持っていた物、それは飯盒でした。使い古しの、スタイルの悪いのが私に当たったのです。本体、中蓋《なかぶた》、蓋の三つの部分を食事のたびに活用しましたが、私はその都度、内心で外形の醜さを嘆きながら、愛着もわきました。不出来なわが子を連れるようにして、とうとう故郷にまで持ち帰りました。

復員の上陸地、冬の佐世保で配られた銀メシが飯盒に半分ほど。それを肉親がどんなに喜んでくれたことか。そして飯盒は〝たった一人だけの戦友〟として最後の最後まで行動を共にしてくれたことに、私は言い知れぬ感謝を覚えました。

思い出のなかで、私はまどろむようにして、いつの間にか眠りに落ち込んでいました。旅の疲れには勝てなかったようです。

約束の早朝、通訳氏が電話で起こしてくれました。私の願いである市内探訪と青年企業家との懇談の二つが、南昌を離れる前の宿題として、彼の脳裏にも刻み込まれているのでしょう。

朝食をすませて部屋へ戻ると、青年たちが姿を現し始めていました。私の部屋は二室続きでしたから、応接用の部屋を懇談会の場にしました。青年企業家は、交換した名刺によると、研究所や工場などの中級管理職といったところで、出席者十二人中、女性四人でした。服装はキチンとして、男性は全員ネクタイを締めています。

日本の青年の中国観から、企業の産休に至るまで、関心は幅広くて、何よりも真剣なのが印象的でした。彼等は、他国の人と話し合う機会などめったにないようで、懇談は尽きるところを知りません。私は初め、時計とにらめっこしながら懇談していましたが、そのうちに市内探訪をあきらめる心境になりました。

懇談会は通訳抜きでは成り立ちません。きわめて客観的と思える通訳が、意見の交換をスムーズに進行させてくれました。通訳氏は通訳氏で、市内探訪の時間がなくなることをしきりに気にし始めていました。私は懇談会を続けようと意思表示しました。

むなしい苦労を重ね、悪い思い出の舞台になった、あの中隊の兵営の跡を、仮にこの目で確認することができたとして、それが何になるだろう。一つぐらい空白を残して帰るのもよいのではないか。日本軍が一兵もいなくなって、中国人自身の手で有史以来の大統一を果たした、その原点の南昌の姿を見ることができて、私は満足だ――そのような心境にしてくれたものは、青年たちとの話し合いでした。

私は二、三のことを強調しました。社会制度を超えて、人の心は通い合える。「中日友好」といい「日中友好」というのは、互いにスローガンを掲げることではなくて、心の底から話し合い、理解し合うことだ。身近なことに関して言わせてもらえば、衛生面、とくに地方のトイレの改良・向上に若い力を結集されることを望む。

——最後の点は、いささか礼を失するかなと思いましたが、きれいごとばかりでなく、率直な意見を述べることも友好につながるはずですから、あえて口にしました。青年たちは「時間のかかる問題ですが」と言いながらも、私の希望に理解を示してくれたようでした。

青年たちの間から、私をハッとさせる質問が一つ飛び出しました。通訳されたものを要約すれば、次のような質問でした。

「日本の若者たちは、中国人のことを貧しくて愚かだと思っているようですが……」

虚をつかれたかたちの私は、それでも、さり気なく答えました。

「あなたが直接経験したことか、人づてに聞いたことか、私には分かりませんが、一般的にいって日本の若者は、中国を歴史的にも、地理的にも、文化的にも、大きな国だと考えており、中国人についても、人間のスケールが大きいと思っているようです。しかし一部には、あなたが指摘されたような考え違いの者もいないとはいえません」

青年は納得したようにお辞儀をして、この件は終わりました。

私は、いささか国会答弁的だったなと自嘲《じちょう》的になりましたが、青年の質問は根も葉もないことども思われません。中国や中国人を特別視することが間違いのもとで、話してみれば分かることですが、お互い同じ人間同士なのだということを、私も懇談会の場で実感しました。

また会うことがあろうとも思えませんが、青年たちは「再見《ツァイチェン》」の言葉を残し、名残惜しそうにして部屋を出ていきました。二時間をはるかに超えていました。

「先生、間もなく南昌と江西省、その両方とのお別れの昼食の宴が開かれます。盛大になるかと思います。結局、市内探訪をあきらめたのは、よい判断でしたね」

通訳氏は、そういってニッコリ笑いました。〝原スマイル〟です。

宴席にはすでに江西省青連の首脳が着席しており、立ち上がって拍手と握手で私を迎えてくれました。私は旅の終わりを実感し、私ひとりのために、このように盛大な宴を張ってもらえた陰に、今回の旅行を実現させてくれた前出の奥山忠氏の存在を強く感じていました。

公式な宴ともなると、通訳氏の活躍は並大抵でありません。中国の人々の厚意によりかかっている間に、私の〝独り旅〟は独り旅でなくなり、あす再び独り旅として東京へ帰ることになります。

こうして四十六年後の回想の旅は、思わぬ実りを結んで、いま幕を下ろそうとしています。

通訳氏ありがとう

午後の南昌空港。昼食の宴でおなじみの省青連の首脳も、私を見送りにわざわざ駆けつけてくれました。今回の旅をめぐる私の方の深い事情を知る由もない首脳が、江西省の旅の終わりを惜しんで、手を振ってくれています。

私も大きく手を振った後、胸のなかにある種の感慨を覚えました。——半世紀の時間の経過は、すべてを変えてしまいました。日本は敗戦の廃虚から立ち上がって、アメリカを悩ます経済大国となりました。中国は社会体制まで変わって、大統一を果たしました。そして私も還暦をとっくに過ぎ、古希へ向かって馬齢を重ねています。

南昌の空港を飛び立った国内航空機は、来たときとは逆に上海へ向かっています。通訳氏と二人だけ、最後の空の旅です。上海空港では、成田から到着したときの現地幹部が待っていてくれました。

ホテルで、今夜はスッキリ眠れそうな予感がしました。南昌の夜のような〝重い宿題〟を残してはいませんし、すべてを胸に畳んだまま、あすは東京に帰っているからです。

ただ、中国・江西省の平和なたたずまい、なかでも南昌のにぎわいを確認する一方で、戦地での軍隊経験を思い起こすとき、〝あれは何だったのだ〟と、考えてしまう一つの課題に、このさい頭の中で整理をつけておこうという気になりました。やっぱり、頭が疲れたなりに冴《さ》えているのです。――

同じ地球上の人間同士なのに、戦争となると敵・味方の殺し合い、軍隊の内部では階級の違いによる差別とリンチ。ところが、家庭へ帰れば善良な家族の一員に違いありません。逆にいえば、善良な市民が戦争と軍隊とでは、天をも恐れぬ所業を働くというのは、一体どうなっているのでしょう。人はここまで変われるものでしょうか。

男だけの集団組織。軍隊を現場で動かしている、あるいは戦闘をしている、その主力は二十歳代の若造ばかりでした。その辺にも原因らしいものがありそうな気がします。

軍の指導部は思慮深いはずの中年以上でしたが、彼等が国をミスリードしたことも確かです。二十歳代の若者といえば、幕末から維新への志士も二十歳代が中核でしたが、軍隊とはあまりにも違いすぎました。

男だけで駄目だったあの軍隊に、仮に女性兵士がいたとしたら、狂暴性が緩和されたろうか——などと考えるだけでも、背すじが凍ります。女性が強くなったといわれる今日の、婦人自衛官の厳しい訓練風景がテレビ画面に流れたことがありますが、泥にまみれた女性兵士の〝男らしさ〟は見るに堪えませんでした。化粧を施す姿には、ため息さえ出ました。

私は、妄想の世界へ踏み込んでしまったことに気がつきました。軍国主義時代の軍隊に男女同権を持ち込んだのは、アナクロもいいところでした。

善良な市民であるはずの男たちが、軍服を着、銃を持つと、なぜあんなに変身してしまったのか——問題を本筋に戻し、考え抜いたあげく、持論通りに「聖戦という名の戦争、皇軍という名の軍隊が、常規を逸した者をこしらえたのだ」という、私の経験論的な帰結に達しました。一度しかない人生に、戦争と平和の時代を生身で体験した結論でした。

ここで私は、戦争と軍隊について考える作業を中止しました。一転して、きょうの昼に南昌で開かれた宴会の、あるシーンが浮かびました。私の旅を締めくくってくれた宴。ホテルの明るい会場入り口に、チャイナ・ドレスの美女が立って、笑顔で迎えてくれました。若い女性が申し合わせたように、ズボンをスカートにはき替えた大都会でも、チャイナ・ドレスは珍しいのではないでしょうか。スリットからのぞく脚線美がまぶしかったのは、旅行最後のハプニングでした。〝天安門以後〟のカゲも、私の旅路にはありませんでした。

熟睡できたあとの朝は、さわやかな気分でした。中国東方航空の旅客機の待つ上海空港で、中国最後の時間を過ごすと、きょうの午後には東京です。短かったけれど、足かけ六日間の独り旅を、親身になって、楽しい旅にしてくれた通訳氏の心配り。それは、社会制度が違っても人間同士の心は通じ合っていることを、実感させてくれました。そしてまた「日中友好」のスローガンを唱えれば、友好の中身はあとからついてくる、というものではないことをも、見事な通訳を通じて実証してくれました。

異郷にいることさえ忘れさせてくれた〝原辰徳〟氏と、見送ってくれる上海の友も交えて、よもやま話をしていました。サヨナラすることの辛さを紛らわし、高ぶる気持ちを抑えようとしたのです。あえて現実的な質問をしてみました。

「上海の自転車天国は素晴らしいと思いました。乗り捨てた自転車の洪水は、どこへ姿を消してしまうのでしょう。東京では、駅前や歩道が自転車で占領されて、困っていますが……」

「上海は、東京のようには交通機関が発達していません。だから、駅まで自転車で行って乗り捨てるということがありません。それに官公庁、企業、学校などは駐輪場を設けています。それも、たいてい大通りから見えない所に」

東京を知っている通訳氏の答えは明快でした。

隣国の未知の人だった通訳氏。その人との楽しかった旅の跡を語り合いたい気持ちはやまやまでしたが、やめました。それでも、私の胸のうちでは、旅の思い出が浮かんでは消えました。

・この空港での通訳氏との出会い。
・南潯公路の鉄道踏切での深い回想。
・地上から仰いだ廬山とその山頂の街。

・悪夢の鄱陽湖を対岸まで渡った感慨。
・日本軍のいない南昌の平和な熱気。
その間を縫うように、感動的なシーンが脳裏をよぎります。すべての場面を、そっくりそのまま東京へ持って帰りたい衝動に駆られます。それでも、私にとって昭和二十年八月十五日が空白の日であることに変わりはありません。


別れは突然にやってきました。上海特有の雑踏のドサクサに紛れ、私たちはあっという間に引き裂かれました。私は、旅行中ひそかに覚えた精一杯の中国語で叫びました。

「麻煩 你了《マーファンニィラ》！　再 見《ツァイチェン》！」

（お世話になりました！　さようなら！）

それから

友情は国境を越えて

政治的スローガンとしての「日中友好」に私は大して興味をもちません。言葉だけではむなしいと思うからです。実体のある友好は、両国民の間の一対一の友情の積み重ねのうえに築かれるものだということを、昨年五月に果たした南昌・九江地区の旅で知り、さらにその延長線上での体験により、いっそう具体的に理解することができたと思っています。

戦地でのあの忌わしい軍隊生活で、私自身が中国の人たちに手出しひとつしなかったことを慰めとしていますが、私も日本陸軍の一員であったことは事実であり、その意味では今にして若干の罪滅ぼしをしているかと、ひそかに思っています。

＊

中国最大の淡水湖といわれる鄱陽湖は、揚子江右岸に辛うじて通じています。そののど元を押さえるかたちで湖口の町があります。平成三年の回想の旅で、私は通訳、ガイドの人たちと九江から湖水を渡って、その湖口に立ち寄りました。レストランで昼食会に臨んだときのことです。

同席したレストランの支配人Aさんが遠慮がちに語り、通訳氏が私に伝えてくれたのは、次のようなことでした。Aさんの弟Bさんが、日本語を勉強するため最近東京へ行きました――ただそれだけでした。東京から来た客を自分の店に迎えた兄としての心強さを言外に感じた私は、Bさんの氏名と住所、電話番号をメモしてもらい、ポケットに納めました。

旅を終えて東京に帰った私は、一応の整理をつけると、Bさんに電話する気になりました。メモ書きにある番号で通じるだろうか、来日して日が浅いようだし、日本語は大丈夫だろうか。若干の不安を感じながら待つ間もなく、達者な日本語が受話器の向こうから流れてきました。〝やっぱり違ったな〟と感じながらも、相手は中国の男性だと分かりました。

「私はCという者ですが……」

「失礼しました。電話をかけ違えました」

「ちょっと待って下さい。Bさんに電話をくれたのではありませんか。Bさんはまだ日本語をしゃべれないので、私から伝えましょう。あなたのお名前を、すみませんが」

私は氏名を名乗り、湖口のレストランでの一件を説明しました。やや間をおいて返ってきたCさんの返事は〝Bさんにとって思い当たるフシがない〟というもののようでした。ここまで事が進むとは思っていなかった兄のAさんから、とくに言ってよこしてはいないのだろう、会えば分かるはず。そう考えた私は、日時をきめて落ち合う約束を取りつけました。日本語に通じたCさんも一緒に来ることになりました。

その日、約束の場所に早めに着いた私は、まだ見ぬ二人のイメージを描こうとしましたが、ムダでした。当人たちがすぐ現れたからです。

高層ビルの上の中国料理店から都心を見下ろしながら、いま二人の中国青年と会っていることの奇縁を思います。その後に兄Aさんと連絡をとったのか、Bさんは事情をすっかりのみ込んでいました。そのことを、Cさんの通訳によって私は知ることができました。湖口でのAさんのひと言がきっかけとなったのです。

それにしても、二人と向かい合い、乾杯して料理をつつきながら語り合っているうちに、イメージ通りの青年たちだった、いや既知の人と話し合っているのだ、と思えてくるから不思議です。Bさんは、日本語をまだしゃべることができませんが、終始絶やさぬ笑顔は、おっとりした人柄を思わせます。上海に妻子を残して来たと、胸のポケットから幼い娘さんの写真を取り出して見せてくれたところをみると、相当な決心をして日本語の勉強に来日したのでしょう。湖口の兄Aさんの、弟を思いやる気持ちも分かるようでした。

来日にあたりBさんは、知人のCさんのアパートに同宿させてもらっていましたが、やがてCさんが日本語学校を終え、滞日期間も切れて離日することになると、Bさんもアパートを出ることになり、後日私にも移転通知をくれました。言葉が不自由なうえ、住宅難の東京で苦労したに違いありません。私を頼っては来ませんでした。

Cさんは間接的な縁で私と知り合うことになったわけですが、自由な日本語のため話題が広がり、笑顔でいるBさんに時折通訳する立場にいました。貿易事業を志すというCさんはバンコクに移住しました。その直前に、私は二人を招いて食事を共にしました。

彼は日本の生活がすっかり板について、去るに忍びない様子でした。平均的な日本人青年以上に日本的で、食べ物にしても納豆、みそ汁、なんでもござれだと、よどみない日本語で説明してくれました。

Cさんは、私の中国人あての手紙を簡体字で翻訳してくれたこともありました。バンコクへ行ってからも手紙を三通くれました。事業が軌道に乗れば、東京で会う日も来るでしょう。

ある晩、中国人と思われる女性から電話を受けました。見知らぬ人ですが、流れるような日本語から、Bさんの代理として電話をくれたことが分かり、女性を交え三人で会う約束をしました。

当日、会ってみると、Bさんの日本語はある程度進んでいましたが、電話するのにはもう一歩というところでした。それでも、Cさんの去ったいまも、日本人との接触を絶やすまいとする心意気がうかがわれました。もっとも、私の方は一向に中国語を覚えようという気を起こさないのですから、偉そうなことは言えません。

湖口のAさんのほんのひと言から、私が広い舞台で日中の友情を確かめ合っているとは、予想もしなかったことです。

＊

あの旅行の帰途、上海発の中国東方航空の旅客機で、二十歳前後の娘さんと隣り合せになりました。彼女は、孤独そうにして窓際のシートからじっと機外に目をやっていました。観光旅行の帰りとも思えず、知人を訪ねての帰りかと想像しましたが、いきなり声をかけるほど私もぶしつけではありません。

機が離陸し、水平飛行に移り、やがて食事が運ばれてきました。私は自分の独り旅の跡を思い浮かべ、空港で別れた通訳氏もそろそろ北京へ飛び立つころかと思いながら、食事を終えました。そのとき、お隣の娘さんが食事をした様子のないことに気づきました。見るともなく注意を向けていると、どうやらひどく気分が悪いようです。私は急いでポケットからティッシュを取り出して彼女に渡すと、スチュワーデスを手招きし、あとのことは任せました。

スチュワーデスはテキパキと後片付けをすませ、ひと言ふた言彼女と言葉を交わすと立ち去りましたが、そのやり取りで娘さんが中国の女性だったことを知りました。気分の回復してきたらしい彼女は「謝謝」といい、それがきっかけで私と言葉を交わすようになりました。半ば以上筆談ですが、話は結構通じ合いました。

それによると、彼女は日本語の勉強に上海から東京へ行く途中であること、その学校には姉君がすでに在学して日本語をかなりマスターしているらしいことが分かりました。

「東京へは、はじめてですか」

「はい。飛行機の旅行ははじめてです」

「それでは緊張して気分が悪くなったのでしょう」

「はい、もう大丈夫です。成田空港には姉が迎えに来ています」

リラックスしたのは、隣席に〝ナイト〟がいるからではなくて、空港に身内が待っていてくれるからだということを、私は当然のことながら理解しました。

相変わらず筆談をまじえて、私は上海の印象を語り、東京についての予備知識を、彼女の緊張と不安を和らげる程度に話しました。はじめての成田空港には不案内にきまっています。手荷物を受け取る所まで一緒に行くことを伝えると、彼女はほっとしたようでした。私の方も〝よかった〟という思いで、空港が近づき着陸するまで沈黙が続きました。

ドアが開くのを待たずに乗客は座席から腰を浮かせます。通路を動き始めた乗客の列にまじって私も歩き始めました。すぐ後ろから彼女もついてきます。この場合は〝レディーファースト〟というわけにはいきません。

日本の入国審査は、とくに外国人の場合、念入りです。だから外国人は別の関門で列をなしています。彼女をその列に並ばせると、私の方はスムーズに審査を通過しましたから、待ちぼうけを食わされたかたちとなりました。私は新宿行きの成田エキスプレスで帰る手はずですが、何事もなければもうエキスプレスの乗客になっているだろうと思われるころ、彼女はやっと入国審査を終えました。私が待っているのを知り、恐縮しています。

階段を下りて所定のターンテーブルまで来ると、私は軽く会釈し、自分の任務を果たした気持ちで帰りを急ぎました。電車が走り出すと、名も知らぬあの娘さんは、いまごろ姉に出迎えられて、思いのたけを語り合っているだろうなと、ふと思いました。

姉の後を追うように、いま日本語の習得に励んでいることでしょう。それが彼女の人生にプラスとなり、日本への懸け橋にもなりますように。

＊

「ソウチョウカさんという方からお電話がありました」

平成四年四月のある朝、出社すると若い女性社員が、相手の電話番号を書いたメモをよこしました。カナ書きをたどりながら、私はあっと驚きました。彼女が注釈をつけます。

「中国の方らしいけれど、日本語が上手なので、初め日本人かと思いました」

ソウか。いや、ソウチョウカさんか。私はすぐにダイヤルを回しました。北京からではなくて、東京都内であることがはっきりしていますから、私はよけいドギマギしました。受話器からは、前年五月と変わらない声が流れてきます。

「いやぁ、しばらくです。先生、お元気でしたか。こんなに早くお会いできるチャンスが来るとは考えていませんでした。十月まで滞在します」

「あのときは、ほんとにお世話になりました。あなたがいま東京におられるなんて信じられません。去年の旅行の回想記を書いていたので、あなたのことを毎日思い出していたんですよ。びっくりしました」

胸がいっぱいで、何をどうしゃべってよいのやら……。ともかく再会の日を約束して受話器を置くと、私はソワソワし始めました。

——と、ここまで書いてきて、私は〝何だか恋人とのやり取りのようになってしまったな〟と身のすくむ思いもしますが、事実を書き連ねているのですから、続けます。

曹長河さん。——前年五月に私がゆかりの南昌・九江地区を独り旅したとき、通訳として、またそれ以上に親身になって、六日間の旅の伴侶《はんりょ》を務めてくれた人。中華全国青年連合会（中青連）から派遣された青年です。旅の回想記のなかでは氏名を伏せ「通訳氏」で通しましたが、いまは本名で呼ぶことにします。

私は人と対話していると、年齢を意識の外に置いてしまいます。つまり、若い人と対していても、漠然と同年配のような気になっているのです。職場でも先輩・後輩の意識が薄すぎるという自覚があります。いま三十歳のはずの曹さんにすれば、二倍余りの年齢にされてしまうわけですが、専ら私の胸のうちのことであり、年齢の発想が消えてしまうのですから、実害はないでしょう。

もっと大事なことがあります。曹さんとの旅は国境を感じさせませんでした。動作、服装、そして何よりも私への接し方にスマートな曹さんが、国籍を感じさせなかったのでしょう。

当日、私は約束の会場に早めに着いていました。三階のロビーで、エレベーターから吐き出される人々の中に、曹長河さんの姿がありました。無言のまま、一年ぶりの握手が続きました。中青連の要員として、交代で近く帰国する張峻さんも一緒です。張さんとも一度会っていますから、笑顔で気持ちが通じ合います。

窓外は東京の夜景。昨年と主客が入れ替わって、乾杯です。曹さんは、東京の私へ思い出を運んできてくれました。

「実はあのとき、私も南昌・九江方面ははじめてでしたので、案内役ができずに失礼しました。おかげで、私も旅行を楽しませていただきました」

ガイド役には地元の人がいましたから、旅人が二人になって、かえってよかった、と私も旅を振り返りました。

「曹さん、長河という名前は立派ですね」

「いい名前でしょう?」

「揚子江か黄河を思わせるようで……」

独り旅で東京を出発する前から曹さんの名を知り、いい名前だなと感心していましたが、曹さん自身が茶目っけたっぷりに応じましたので、張さんも満足そうにほほ笑んでいます。

話題は尽きませんが、二人には多忙な時間を割いてもらったので、再会を約して私たちは席を立ちました。

「張さんの帰国までに、もう一度会えるかどうか。いずれまた北京で会える日もあるでしょう。曹さんとは、十月まで滞日の間に、何度でも会うチャンスは作れますね」

私たちは気軽に別れました。「再見」と「サヨナラ」を交換しながら……。

主な参考資料

定本三好達治全詩集（筑摩書房）
中国詩人選集・李白（岩波書店）
唐詩選（筑摩叢書）
蘇東坡詩選（岩波文庫）
中国文学歳時記（同朋舎）
近代日本総合年表（岩波書店）
東京読売巨人軍五十年史（東京読売巨人軍）
舩木繁著「支那派遣軍総司令官岡村寧次大将」（河出書房新社）

おわりに

「とうとう書いてしまった」――私は文中でつぶやきましたが、書き終えたいまも同じ心境です。自分で思い出すのも嫌な戦地での現場を、仮に妻子が見たとしたら、どんな思いがするか、それを考えただけでも、私は口をつぐんできました。まして、文字にすることなど考えてもみませんでした。だから、今回記録に残したことは、自らへの背信行為になります。あえてそれをやったのは、なぜ？――

文化の源流である隣国を荒らし回った愚劣な戦争の末期に、一兵士として参加せざるを得なかった私自身の忌わしい過去。メモも資料も焼却し没収されたのを幸い、記憶まで消し去っているうちに、現在ある私と戦地での私とが別人であるかのような錯覚にさえ陥っていました。

「はじめに」にも書いたように、湾岸戦争をきっかけとして〝国際貢献〟の美名のもとに、自衛隊の海外派遣論議が公然と行なわれるようになりました。終戦のとき三歳児だった〝実力政治家〟をはじめ、解釈改憲論を振りかざす一部マスコミによって。国際貢献、平和のための派兵——〝いつか来た道〟を想起させるような既成事実の積み重ねに、時代の流れの恐ろしさを感じます。

ささやかでも、自らの実体験を胸に畳んでおかないで、このさい記録にとどめることによって抵抗の意志を残しておこうという心境になったのです。

自ら経験した事実を書き連ねることによって、理論を乗り越えようというのですから、メモはゼロ、記憶もほとんど無からの出発というのは、私を絶望的にさえしました。それでも、時系列で何本かの柱を立てることはできました。断片的な思い出が脈絡なく戻ってくると、そのたびメモにしました。たかが体験談でも、文献調べに骨身を惜しまなかったことには、ささやかな満足さえ覚えています。日付その他、数字の裏づけは不正確なままを書くわけに行きませんが、状況の方は前後の事実をかみ合わせれば、おおよその推量はできました。

〝ビンタ〟から、〝全員玉砕の決意〟まで書いたいま、安易に軍隊志向に走りそうな時代の勢いは、理屈では止められないと、改めて思います。〝核時代の戦争は本質的に違う〟とか〝冷戦構造自体が崩壊した〟という声が聞こえるようですが、軍隊のある限り、戦争のある限り、行き着くところは〝天下晴れての人殺し〟であることに、それこそ本質的に変わりはありません。憲法九条以前の問題です。

体験を記録にとどめようと考え始めたとき、私は悪夢の現地を訪れることを考えていました。私なりに中国の人たちへの謝罪の気持ちを胸に秘め、大陸の新しい息吹をナマで感じ取ってきたい、と思ったからです。旅の印象をひと言でいえば、日本軍のいない中国、その中国の人々の悠揚迫らぬ生活の営みがあった、ということになります。

その旅のなかで、私自身の否定的な体験から〝プラス〟の発見をしたことは、当然といえば当然、意外といえば意外でした。

そのひとつ。中国大陸での一年三ヵ月は、むなしかったとしか言いようがありませんが、それでも「青春を失った」とか「青春を奪われた」と考えようとは思いません。それでは自分があまりにも惨めだからです。私は「青春を費やした」のだと思い返しました。それでは字句の置き換えに過ぎないといわれそうですが、私にとっては大違いです。短かったとはいえ、一年三ヵ月を耐え抜いたことによって、私は人生に怖いものなしという気がしています。大抵の逆境は〝柳に風〟と受け流してきました。そのために「青春を費やした」のだと考えています。

もうひとつ。当時、中国の民衆に対する日本軍の人権を無視した仕打ちは、目を覆うものがありました。けれど、初年兵であったせいもあり、私個人として、中国の人々に対し悔いの残る所業はなかったと断言できます。それでも、いや、それだからこそ、あの国の人たちとの心の通い合いを、いっそう大切にしなければと思っています。


本書が戦記ものでないことはすでに述べましたが、戦争と軍隊を俎上《そじょう》にのせるためには、書く側と読む側との間に心のやり取りが必要だと考えました。もっとも、文章の趣旨に対しどのような感想を抱かれるかは、全く別の問題です。私は「です・ます」調で物を書いています。読みやすく、分かりやすく、しかも書く側として独断に陥らないようにしたいからです。この本では、怒りや悲しみのほとばしりを抑えるのに苦労したことも事実です。

分かりやすい文章の要素の一つとして、常用漢字を尊重しました。戦時中の、とくに軍隊用語や〝敵性語〟とされた言葉への配慮には神経を使いましたが、それでも万全を期しえませんでした。また、現在では差別語、蔑視語といわれる表現があるかもしれませんが、当時の状況を伝えるには言葉を置き換えたのでは伝えられないと考えました。固有名詞などにつけたルビで、片カナは現地読み、平がなは日本式の読みです。中国の簡体字は、日本の文字に置き替えました。また、中国の詩は読み下し文とし、作者名は日本で通りのよい呼称にしました。

本書の冒頭に掲げた三好達治の詩句は「冬の日――慶州佛國寺畔にて」と題する作品のなかの二ヵ所で繰り返された部分を引用したものです。

達治は明治三十三年、大阪生まれで、自ら望まずに陸軍幼年学校から士官学校へ進んで中退したのち、旧制三高から東京帝国大学仏文科を出た経歴の持ち主です。幼い時代から家庭の外に育った〝さすらいの旅人〟で、孤高・反俗の詩人として、昭和期に新しい叙情詩の時代をもたらし、昭和三十九年に没しました。

ちなみに、慶州は韓国東南部にあり、仏国寺、石窟庵《せっくつあん》のほか古墳・史跡が数多く、古都の美しさにひかれ、かつて私も二年続けてここを訪れました。

この詩句を本書に引用するにあたり、ご了承くださった長男・三好達夫氏にお礼を申し述べます。

なお、本書は平成四年に『あの戦場はいま…』と題し、丘書房より上梓したものに加筆し、改めて江湖に問おうと思ったものです。これには周りの勧めもありましたが、現在の自衛隊イラク派遣の論議などを見ても、どこか危ういものを感じるのは私ひとりだけではない、と考えたからです。

私のいた部隊は比較的平穏な地域の警備部隊でしたが、歩哨に立った際、狙撃兵にねらわれたことは、本文に記したとおりです。やはり戦闘地域、非戦闘地域の区別はできないのです。

本文中に登場いただいた方々はもとより、出版にご協力を願った皆さまに、重ねて感謝の意を表します。

平成十五年十一月

秋山　秀夫

著者プロフィール
秋山 秀夫（あきやま ひでお）

大正14年10月	長野県生まれ
昭和25年３月	東京大学法学部政治学科卒業
25年４月	読売新聞社入社
57年２月	編集局総務
58年６月	制作本部長・役員待遇
平成元年10月	読売新聞社退社・社友
元年10月	㈱東京ニュース通信社顧問

著　書
『筋書きのない人生』（平成２年10月）
『時は流れる』（平成３年10月）

あの戦場はいま　**レールのない踏切**

2004年３月15日　初版第１刷発行

著　者　秋山 秀夫
発行者　瓜谷 綱延
発行所　株式会社文芸社
〒160-0022　東京都新宿区新宿１－10－１
電話　03-5369-3060（編集）
03-5369-2299（販売）

印刷所　図書印刷株式会社

ISBN4-8355-7100-2 C0095